종남마검 편 **만학검전**

FANTASTIC ORIENTAL HEROES

한성수 新무협 판타지 소설

# 만학검전(晩學劍展) 1

초판 1쇄 찍은 날 § 2018년 2월 5일
초판 1쇄 펴낸 날 § 2018년 2월 12일

지은이 § 한성수
펴낸이 § 서경석

총괄팀장 § 최하나
편집 § 김경민 이종식

펴낸곳 § 도서출판 청어람
등록번호 § 제387-1999-000006호
등록일자 § 1999. 5. 31
어람번호 § 제2-2739호

주소 § 경기도 부천시 부일로 483번길 40 서경B/D 3F (우) 14640
전화 § 032-656-4452 팩스 § 032-656-4453
http://www.chungeoram.com
E-mail § chungeorambook@daum.net

ISBN 979-11-04-91637-3 04810
ISBN 979-11-04-91455-3 (세트)

만학검전 종남마검 편

FANTASTIC ORIENTAL HEROES

한성수 新무협 판타지 소설

도서출판 청어람

# 만학검전

### 종남마검 편

目次

第一章

내가 할 소리다!

"생각했던 이상으로 무능하군!"

"뭐?"

"말 그대로다. 설마 중원인 주제에 중원어도 못 알아듣는 건 아닐 테지?"

'취소다! 저놈은 역시 쓸모 있는 놈이 아니라, 그냥 싸가지 없는 놈이야!'

이현이 조준을 쏘아봤다.

만약 눈빛으로 사람을 죽일 수 있다면 이렇지 않을까 싶을 정도로 차갑게.

'응? 진짜로 한번 해볼까? 되나?'

이현이 내심 진지해지려 할 때였다. 조준의 술법에 걸려들어 상잔(相殘)을 계속하던 인자들 중 몇 명이 비명에 가까운 괴성을 지르며 이현에게 달려들었다.

'인석들아, 상대를 잘못 선택했어! 네놈들을 이렇게 만든 건 내가 아니라구!'

이현은 내심 억울해하면서 발끝을 미묘하게 움직였다.

그동안 죽은 인자들의 숫자가 거의 백오십 명을 상회하고 있었다.

바닥에는 온통 그들이 가져온 병기투성이!

그중 이현의 발이 건드린 건 다름 아닌 인자들이 사용하던 왜검!

스파앗!

발끝에 채인 왜검 하나가 날카로운 파공성과 함께 인자들 중 한 명을 관통했다.

퍽!

"크억!"

그러자 재빨리 이현을 노리며 산개해 들어오는 인자들!

'그러니까 진짜 내가 아니라니까!'

슥!

이현은 속으로 항변을 계속하며 다시 발끝을 움직여 얻은 왜검을 종횡하듯 사방으로 휘둘렀다.

태을분광검(太乙分光劍)! 음양광휘(陰陽光輝)!

음과 양!

태을의 변화를 따라 사방으로 분리된 태을분광검의 검기가 인자들을 빠르게 가르고 지나갔다. 그들이 산개를 막 끝마쳤을 때와 거의 동시에 벌어진 일!

"크억!"

"으헉!"

"헉!"

인자들의 입에서 단말마에 가까운 비명이 흘러나왔다. 태을분광검 절초 음양광휘의 빛살을 수십 개로 쪼개낸 듯한 검기에 온몸이 절단되어 버린 것이다.

당연히 개중에는 비명조차 내뱉지 못한 자들도 많았다. 그들은 그저 눈만 치켜떠 보이며 바닥에 무너져 내렸다.

전멸!

이현을 향해 산개했던 인자들의 최후였다. 그때 상잔으로 죽은 인자들 사이를 돌아다니며 그들의 백(魄)을 수습한 조준이 이현에게 빠른 걸음으로 다가왔다. 이현의 손에 죽은 자들의 백노마저 수습하기 위함이었다.

"잠깐만!"

이현이 수중의 왜검을 들어 올리며 다가오는 조준을 제지했다.

그냥이 아니다.

찌릿!

조준은 이현의 왜검에서 일어난 무형의 검기에 온몸이 저릿저릿 떨려오는 걸 느꼈다.

살기?

그보다 조금 더 근원적이다.

야밤에 산속에서 대호를 만난 것과 같달까?

'명왕종의 종단을 떠난 후 오랜만이군. 이런 느낌은.'

조준이 이현을 무심하게 바라봤다.

"무슨 의미요?"

이현이 퉁명스럽게 말했다.

"이런 의미다."

이현이 왜검을 휘둘렀다.

외날!

중원의 검과는 극명하게 다른, 굳이 얘기하자면 곡도와 직도의 중간 형태인 왜검이 쏜살같이 조준을 향해 파고들었다.

직선?

아니면 곡선?

이현이 날린 검기(劍技)는 그의 손에 들린 왜검을 닮았다. 찰나간에 수십 개의 변화를 동반한 채 조준의 눈을 어지럽혔다.

검기나 검강 따위는 담기지 않았다.

이현은 그저 검의 기예만으로 조준을 공격해 들어왔다. 산중대호와 같은 격렬한 기운을 담고서 말이다.

"옴!"

조준이 진언을 외웠다.


부동명왕(不動明王)의 술(術)!


순간 극단적일 정도의 속도로 검과 함께 파고들던 이현의 동작이 멈췄다.

부동명왕의 주박!

조준의 진언이 펼쳐낸 거미줄에 걸린 것이다.

파앗!

그러나 다음 순간, 이현의 왜검이 움직임을 보였다.

사선 긋기!

기본적으로 찌르기에 가까웠던 검기가 베기로 변했다. 조준의 미간 사이를 노리며 파고들던 왜검이 사선을 그리며 위에서 아래쪽으로 떨어져 내린 것이다.

스르륵!

조준이 간발의 차로 뒤로 물러섰다.

팔랑!

그의 소맷자락이 잘렸다. 그 찰나의 순간 이현이 펼친 검기를 완벽하게 피하지 못한 것이다.

쾅!

이현의 발이 강하게 진각을 일으켰다.

그와 조준.

거의 지척이나 다름없는 공간 전체에 작은 지진 같은 진동을 만들어 냈다.

휘청!

조준의 신형이 흔들렸다.

수결을 맺으려던 손동작이 어긋났다.

이현이 바라던 바였다.

슈각!

이현의 왜검이 다시 날아들었다. 이번에는 아래에서 위로 튀어오른다. 지진을 만들어낸 진각과 함께 조준과의 거리를 더 좁히는 데 성공했다.

"핫!"

조준의 입에서 탄성이 터져 나왔다.

눈.

어느새 붉은색으로 빛난다.

창!

그때 간격을 가늠키 어려울 정도로 빠르게 날아든 이현의 왜검에서 불꽃이 튀어올랐다. 막 조준의 어깨를 꿰뚫으려던 순간 그의 손에서 일어난 기묘한 빛에 가로막힌 것이다.

이현이 질문했다.

"수강(手罡)인가?"

조준이 대답했다.

"그런 평범한 걸로 마음에 차겠나?"

파창!

순간 이현의 왜검이 뒤로 튕겨졌다. 조준의 손에서 일어난 기묘한 빛이 길쭉한 검형으로 변해 왜검을 밀어버린 것이다.

슉!

이현이 신형을 살짝 낮췄다.

번쩍!

그러자 위로 튕겨졌던 왜검이 기묘한 회전을 보이며 조준의 옆구리를 찔러간다.

파창!

다시 조준의 손에 담긴 빛이 변화했다.

방패!

빛의 검형의 새로운 변신이다. 그 같은 변화로 이현의 왜검을 다시 막아냈다.

슉!

이현이 공중으로 뛰어올랐다.

빙글!

그가 회전했다.

왜검과 하나가 되었다.

벼락같이 검날로 조준을 노린다. 그의 목과 양어깨를 향해 맹렬한 참격을 가한다.

파창!

조준이 다시 빛의 방패를 만들어 냈다.

이번에는 비어 있는 다른 손에 만들어서 머리 위쪽에서 떨어져 내린 이현의 참격을 막아냈다.

빙글!

그러자 다시 공중에서 회전을 보인 이현.

그가 조준의 뒤로 떨어져 내렸다.

단 한 호흡!

그 극단적일 정도로 짧은 찰나에 이현은 세 차례에 걸쳐서 공격했고, 조준은 철통같이 방어해 냈다. 공격과 방어, 모두가 완벽했다. 두 사람 모두 내심 서로를 인정할 정도였다.

욱씬!

조준이 양손에 빛의 방패를 만든 채 어깨를 가볍게 떨었다.

'과연 대단하구나! 마검협! 검기와 검강을 전혀 사용하지 않고 공격하고도 내게 이런 충격을 주다니!'

이현이 수중의 왜검을 빙글빙글 회전시켰다.

"제법 재밌는 장난질을 하는군. 역시 평범한 명왕종의 술사는 아니었다는 거겠지?"

조준이 여전히 붉은 기운이 감도는 안광을 번뜩이며 말했다.

"그러는 당신도 평범한 학관의 학사가 아니지 않나? 마검협!"

"호오!"

이현이 흥미롭다는 표정으로 말했다.

"내 정체를 어떻게 알았지? 아니, 그보다 감히 내 정체를 알고도 그렇게 버릇없이 굴었다는 거냐?"

"마검협치고는 무척 약해 보였으니까."

"내가 약해 보였다?"

"그래, 당신은 들리던 소문보다 약해! 출종남천하마검행? 현재의 당신에게 마검의 살기 따위가 존재한다고 생각하나?"

"……."

이현의 눈이 가늘어졌다.


약해 보인다! 예전보다 약해졌다!

이 얘기, 처음이 아니다.

근래 이현을 예전부터 알고 있던 초절정급 이상의 고수들에게도 몇 차례에 걸쳐 똑같은 말을 들었다.

하물며 검치 노철령은 이렇게까지 말했다.


심마(心魔)!


이미 오래전에 무학 최고의 경지라 할 수 있는 절대지경에 오른 이현에게 마음의 병이 들었다고 했다. 그래서 무공이 예전만 못하게 되었다고 했다. 내공의 급중이나 어려진 용모는 탈태환골이나 반로환동 같은 게 아니라고 했다.

그 후 이현은 고심에 빠졌다.

자신이 진짜 심마에 빠져서 주화입마에 든 건지, 아닌지 확인 작업에 들어갔다. 다른 사람은 몰라도 검치 노철령의 말은 절대 무시할 수 없었기 때문이다.

그런데 오늘 조준에게 다시 그 얘기를 들었다.

빡치는 기분!

속에서 천불이 인다.

자기 자신만 모르는 약점을 남들에게 몽땅 들통난 것 같았다. 자신도 모르는 새에 말이다.

'저 새끼, 그냥 죽여 버릴까?'

이현은 진심 어린 살기를 담아 조준을 쏘아봤다. 조금 전 산중대호와 같은 기운을 월등히 뛰어넘는 살기가 일어났다.

그러자 조준이 어깨를 가볍게 추어 보였다.

"혹시 내 말에 찔린 것이오?"

"뭐?"

이현의 살기가 가중되자 조준이 변명하듯 말했다.

"내게 화내지 마시오. 나는 그냥 솔직하게 말했을 뿐이니까."

"솔직?"

"그렇소. 나는 솔직하게 말했을 뿐이오."

"하하, 솔직했을 뿐이다! 솔직했을 뿐이다!"

웃음과 함께 조준이 한 말을 연달아 중얼거린 이현의 왜검에 갑자기 찬연한 검강이 형성되었다. 그의 마음속에 응축되어 있던 살기가 자연스럽게 왜검으로 전이되며 벌어진 현상이다.

조준이 경고하듯 말했다.

"마검협, 조심하는 게 좋소!"

"조심?"

"그렇소. 당신이 방금 전에 어째서 내공을 검에 담지 않고 공격했는지를 기억하란 뜻이오!"

"기억하기 싫다면?"

이현이 왜검에 담긴 검강을 흡사 화살을 날리듯 조준에게 쏘아냈다.

대천강검법! 천강탄(天罡彈)!

패도적인 은하천강신공을 기반으로 한 대천강검법의 검강기(劍罡技)!

그 패도 극치의 검강기를 향해 조준이 다시 빛의 방패를 들어 올렸다.

번쩍!

천강탄과 조준의 빛의 방패가 격돌했다. 각기 최고의 파괴력을 동반한 채.

스으의!

그리고 거짓말처럼 천강탄이 조준이 내민 빛의 방패 속으로 빨려 들어갔다. 마치 잡아먹혀 버리는 것 같이 그렇게 되었다.

이현이 인상을 써 보였다.

"망할 명왕종!"

조준이 태연자약한 표정으로 말했다.

"명왕종의 술사에게 평범한 내공력이 담긴 공격법은 통하지 않소. 그건 마검협 당신도 이미 알고 있다고 생각했는데?"

"알고 있지."

"그럼 이건 일종의 시험이로군?"

"맞다. 시험."

"그럼 이제 본격적으로 싸워야겠군?"

"내가 할 소리다!"

이현이 으르렁거리듯 말하고 천천히 왜검을 치켜들었다. 서로 간에 적당한 탐색 작업이 끝났으니, 이제 본격적인 대결에 들어가야 할 때가 된 것이다.

스파앗!

조준의 손에 머물러 있던 두 개의 빛의 방패 중 하나가 길쭉한 검형으로 바뀌었다.

검과 방패!

공격과 방어!

그 모든 것을 가능케 만들었다.

스윽!

반면 이현은 수중의 왜검을 미세하게 조정하며 눈을 차갑게 가라앉혔다.

방금의 대결로 그는 조준이 평범한 명왕종의 술사가 아니라는 걸 확실하게 알았다. 명왕종의 술법뿐 아니라 독특하고 강력한 무공절학까지 함께 겸비하고 있는 것이다.

즉, 강적이다!

어쩌면 전날 용쟁호투를 벌였던 소림사의 전대 고수 지공대사만큼 힘든 상대일 수도 있겠다는 생각이 들었다. 그만큼 조준은 자기 자신의 능력을 이현에게 철저하리만큼 숨기고 있었다.

'왜 그랬을까?'

이현은 내심 의혹을 느꼈으나 곧 머릿속을 비워 버렸다.

조준이 능력을 숨긴 이유?

결전을 앞둔 지금, 그딴 건 그리 중요하지 않았다.

'뭐, 박살 내놓고 천천히 물어보면 되겠지!'

그렇게 단순 명쾌한 결론을 내린 이현이 막 선제공격을 가하려 할 때였다.

우르릉! 쾅! 쾅! 쾅!

천지가 뒤집히는 소음과 함께 일대 결전을 앞두고 있던 두 사람의 시야가 흐려졌다. 잠시 동안 얌전하던 팔문금쇄진이 또다시 대변화를 일으키기 시작한 것이다.

'쳇! 이놈의 진, 도와주질 않네!'

이현이 내심 혀를 차고 조준을 향해 소리쳤다.

"이거 어떻게 하냐?"

조준이 퉁명스럽게 대답했다.

"그걸 왜 나한테 묻는 거요?"

"진법에 갇혔을 때 명왕종의 술사가 아니면 누구한테 의지하겠냐?"

"나한테 의지하겠다는 거요?"

"어."

이현이 태연하게 대답하고 왜검을 내렸다. 더는 조준과 싸울 생각이 없음을 분명히 한 것이다.

'감히 내 앞에서 검을 내려놓다니!'

조준은 잠시, 이대로 공격을 감행하여 이현을 죽여 버리는 걸 진지하게 고민했다.

이현의 이런 태도는 무척 화가 난다.

당장 확실한 응징을 가해야만 할 것 같았다.

그러나 그만큼 조준은 이현과 제대로 된 승부를 겨루고 싶었다. 조금 전 벌인 몇 초식의 대결에서 얻은 짜릿함이 마약처럼 그를 중독시킨 탓이다.

'진법을 벗어난 후 바로 죽여 버린다!'

결국 마음속으로 타협을 본 조준이 이현에게 차갑게 말했다.

"지금부터 내 뒤에 바짝 붙어서 따라오시오! 갑자기 진법의 건곤(乾坤)이 바뀌었다는 건 특이점이 찾아왔다는 것이니까!"

"특이점?"

"진법 내부와 외부, 동시에서 중대한 문제가 발생했다는 것이오."

"이를테면?"

"진법이 강제적으로 파훼 당하기 시작한 것이오. 안과 밖 양쪽에서 동시에."

'호오?'

이현이 내심 눈을 번뜩였다. 조준의 설명을 듣다가 중대한 사실 하나를 깨달았기 때문이다.

우르릉! 쾅! 쾅! 쾅!

그때 다시 예의 굉음이 터져 나왔고, 조준과 이현이 동시에 신형을 움직였다.

건곤교체!

팔문금쇄진에 찾아온 특이점은 무척 격렬했고, 두 사람은 그 속에서 어떻게든 살아남아야만 했다. 생각 같은 건 조금 나중에 하는 편이 좋을 터였다.

\*　　　　\*　　　　\*

서걱! 서걱! 서걱!

모용조경은 빠르게 천룡보검을 휘둘러서 거대한 석상 무사

세 개를 토막 냈다.

거대한 철추를 손에 든 석상 무사들!

천지가 진동하는 듯한 굉음과 함께 나타난 이 석상 무사들에 포위된 후 모용조경은 상당히 힘든 시간을 보냈다. 석상 무사들이 하나같이 크기가 일 장이 넘는 데다 보통의 검으로는 상대하기 곤란한 중병기를 마구 휘둘러 댔기 때문이다.

그래도 그녀에겐 천룡보검이 있었다.

그녀는 연달아 천룡보검에 검강을 담아서 석상 무사들을 베어버렸다.

그들이 휘둘러 대는 중병기를 베고, 그들의 다리나 허리 등을 베었다. 그렇게 느닷없이 당한 포위진에서 가까스로 벗어나는 데 성공했다.

"하아! 하아! 도대체 이런 곳에서 어떻게 싸우라는 거야? 그냥 버티는 것만으로도 내공이 벌써 바닥을 드러내고 있는데?"

푸념이 절로 나온다.

어쩌다가 이런 끔찍한 곳에 스스로 걸어 들어왔단 말인가.

그때 그녀를 향해 다시 석상 무사들이 걸어오기 시작했다.

이번에는 열 개가 넘는다.

정말 끝도 없이 모습을 드러낸다.

모용조경은 호흡을 가다듬고 다시 천룡보검에 검강을 담았다.

이미 여러 차례 상대해 본 결과 눈앞의 석상 무사들을 상대하려면 이게 최선이었다. 다른 일반적인 공격은 소용이 없을뿐더러 오히려 반격의 빌미만 제공할 뿐이다.

그런데 갑자기 이상한 일이 발생했다.

우르릉! 쾅! 쾅! 쾅!

여태껏 들어본 적이 없던 엄청난 굉음이 일더니 모용조경을 향해 다가들던 석상 무사들이 우르르 무너졌다. 갑자기 각기 수십 개씩의 돌조각으로 분해되어 평범한 지형지물로 돌아가 버린 것이다.

"무슨……?"

모용조경이 잠시 넋이 빠져 있을 때였다.

우르릉! 쾅! 쾅! 쾅!

또다시 굉음이 터져 나왔다.

이번에는 동시다발적이다. 마치 무너진 둑에서 밀려 나오는 거센 물결처럼 이곳저곳에서 굉음이 들려왔다.

그와 동시였다.

천룡보검의 광채만이 번뜩이고 있던 어둠의 일각에 불쑥 큰 생채기가 생겨났다.

"아!"

모용조경이 갑자기 흘러들어온 빛에 놀라 눈살을 찌푸렸다. 어둠만이 존재하던 파양대전 속에서 불현 듯 만난 환한 불빛에 잠시 익숙해질 시간이 필요했다.

그때 불빛 속에서 흐릿한 인영이 모습을 드러냈다.

호리호리한 체형!

손에는 기다란 장병기가 들려져 있다.

슥!

모용조경이 본능적으로 천룡보검을 들어 올려 방어 자세에 나섰다가 묘한 표정이 되었다.

"악 소저?"

"공자!"

버럭 소리를 지른 건 여전히 동창 태감의 복장을 한 악영인 이었다.

그녀는 어느새 한 손에 장창을 꼬나 들고 있었는데, 표정이 자못 의기양양했다. 아무래도 느닷없이 생사결이 치러지고 있던 파양대전을 뒤흔든 일련의 폭발음과 깊은 관계가 있는 게 분명해 보인다.

모용조경이 눈살을 찌푸리며 말했다.

"어떻게 된 일이에요?"

악영인이 그녀의 질문에 대답하는 대신 주변을 둘러봤다. 이현을 찾는 것이다.

모용조경이 새침한 표정을 지어 보였다.

"이 공자는 저와 함께 있지 않아요."

"쳇!"

악영인이 혀를 차고 모용조경에게 말했다.

"모용 소저, 혹시 다치진 않았소?"

"별로."

"그럼 기력은?"

"평소의 8할가량은 사용할 수 있어요."

"잘됐구만!"

"뭐가 잘됐다는 거죠?"

"지금 밖에서 주 군주가 동창과 금의위의 고수들과 함께 반역도들과 싸우고 있는 중이오. 그러니 모용 소저는 그쪽으로 달려가서 주 군주의 명령을 따르도록 하시오."

"그럼 악 소저는요?"

"공자!"

다시 소리를 질러 자신에 대한 호칭을 정정한 악영인이 모용조경을 쏘아봤다. 그녀가 일부러 자신을 연달아 '소저'라 부른다는 걸 알고 있었기 때문이다.

모용조경은 개의치 않았다.

"이 공자를 찾아갈 생각이죠?"

"그런데요?"

"저도 갈 거예요."

"그건……."

"악 소······."

"···이익!"

"···공자, 혹시 진법에 조예가 깊은가요?"

"이곳 파양대전에 펼쳐져 있는 팔문금쇄진에 대해선 어느 정도 알고 있소."

"잘됐군요."

"뭐가 잘됐다는 거요?"

"악 공자를 따라가면 될 테니까요."

"······."

악영인이 밉살스럽다는 표정으로 모용조경을 바라봤다. 하지만 어떻게 봐도 미인이다. 그야말로 절세란 말이 가장 잘 어울리는 진짜 미인 중의 미인이었다.

'쳇! 어쩌다가 이런 여자가 무산 오빠의 정혼녀가 된 건지. 게다가 그런 주제에 지금은 내 형님한테 창피한 줄도 모르고 들이대고 있으니······.'

생각만으로도 얼굴로 피가 몰린다.

화가 났다.

그러나 그래도 악영인은 모용조경에게 진심으로 화를 낼 수 없었다. 그녀가 본래 자신의 쌍둥이 오빠인 악무산의 정혼녀였기 때문이다.

내심 고개를 절레절레 흔든 악영인이 다시 모용조경에게 뭐라 쏘아붙이려다 흠칫 놀랐다.

귀영(鬼影)?

여전히 꽤나 많은 부분이 어둠 속에 파묻혀 있던 팔문금쇄
진의 저편에서 갑자기 흐릿한 그림자가 튀어나왔다. 악영인의
초인적인 시력조차 따라잡기 어려운 속도로 말이다.

퍽!

"악!"

모용조경의 입에서 비명이 터져 나왔다. 어둠 속에서 튀어
나온 귀영이 쏟아낸 차가운 장력에 등판을 가격당한 것이다.

"이놈!"

악영인이 버럭 소리 지르며 수중의 장창으로 귀영을 공격했
다.


무형쌍호난!


장창이 도달하기도 전에 두 가닥의 무형창기가 귀영을 급습
했다. 응조수의 동작으로 모용조경의 목을 쥐어뜯으려던 그의
행동을 제지하기 위함이었다.

휘리릭!

귀영이 기괴한 신법을 펼쳐 뒤로 신형을 날렸다. 그렇게 악
영인이 펼친 무형쌍호난을 피해냈다.

'저 움직임, 익숙하다!'

악영인의 눈에 이채가 어렸다. 귀영이 펼친 신법이 눈에 익었다.

귀영 역시 그건 마찬가지였다.

"산동악가의 신창술이로군! 아마도 자네는 진짜 환관은 아닌 것일 테지?"

'이 목소리는… 모충현, 그자다!'

악영인이 다시 어둠 속으로 물러선 귀영을 노려보며 소리쳤다.

"모충현, 당신 또한 평범한 생사결 출전자는 아니로군?"

"날 어떻게 알지?"

"나는 동창에 속한 사람이다!"

"그 거짓말 진짜인가?"

"어째서 내가 거짓말을 한다고 생각하지?"

"그거야……."

모충현으로 분장한 한빙신마 단사령은 중간에 말끝을 흐렸다.

그는 본래 칠황야의 심복으로 13황자의 호위를 가장해 북경에 왔다. 그동안 칠황야와 교감을 해왔던 동창 지밀대주 유청요의 힘을 빌어 어전비무대회에 출전해서 황제를 납치할 계획을 진행하고 있었다.

당연히 그 혼자만 참가한 것이 아니다.

칠황야가 오랫동안 공을 들인 무림의 비밀 세력과 부상국의 인자 조직 다수가 그를 보조하기로 약속이 되었다. 생사결 중에 걸리적거리는 자 모두를 미리 제거하고 4강을 모두 칠황야의 사람으로 채우려 한 것이다.

그러나 중간에 계획이 바뀌었다. 칠황야와 보조를 맞추기로 한 무림의 비밀 세력에서 검치 노철령과 관계된 중요한 정보 몇 개를 알아내 단사령에게 알려왔기 때문이다.

'…여태까지 반신반의하고 있었는데 진짜로 그들의 말대로 검치 노철령이 먼저 움직였구나! 갑자기 파양대전 안에서 접선하기로 했던 오행마귀와 낭인검 인월 모두에게 여태까지 소식이 없는 것도 그 때문일 테지?'

생각하면 할수록 단사령은 골치가 아파왔다. 상황이 굉장히 그와 칠황야에게 좋지 않은 방향으로 흘러가고 있었다.

그럼 이제 어찌해야 할까?

점차 시끄러움을 더 하고 있는 파양대전 밖의 사정을 살핀 단사령이 입가에 잔혹한 살소를 머금었다. 문득 현 상황을 타개할 아주 좋은 생각이 났기 때문이다.

오싹!

악영인은 문득 오한이 이는 걸 느꼈다.

어째서일까?

곧 그 이유를 알 수 있었다.

스으으!

어둠 속의 귀영으로 머물러 있던 단사령의 전신에서 갑자기 희뿌연 기운이 구름처럼 흘러나왔다.

안개?

일견 그렇게 보인다.

그러나 이 희뿌연 기운에는 단숨에 대기를 꽁꽁 얼려 버릴 정도의 극음지기가 내포되어 있었다.

한빙천지괴멸공(寒氷天地壞滅功)!

한빙신마 단사령에게 당대 사파의 제일고수란 명성을 선사했던 절대의 한빙공이다.

이 한빙천지괴멸공의 연원은 마교였다. 그들의 후예를 자처하며 과거 천하에 피바람을 불러일으켰던 대종교의 난 당시 흘러나온 다수의 마공 중 하나인 것이다.

그래서 모든 마교의 마공이 그렇듯 한빙천지괴멸공 역시 매우 강력했으나 연마 방법은 참혹함, 그 자체였다.

단지 기초를 쌓기 위해 무려 천여 구 이상의 시신이 필요했다. 천여 구의 시신에 담겨 있는 시독(屍毒)을 이용해 음한지기를 몸속에 빨아들이기 위함이다.

이후 그렇게 몸속에 쌓은 음한지기는 다시 천여 명 이상의 동남(童男), 동녀(童女)의 정혈(精血)로 정화해야만 한다. 그렇게 하지 않으면 음한지기 속에 포함되어 있는 시독에 중독되어 목숨이 위태로웠다.

현 정파천하에선 결코 용납될 수 없는 극악무도한 마공!

그로 인해 남몰래 한빙천지괴멸공을 연마하던 단사령의 빙천마문은 천하의 공분을 샀고, 후일 사패에 의해 멸문을 당하고 말았다. 단사령이 화산파에서 운검진인에게 패배를 당해 도망친 것과 거의 동시에 말이다.

그래서 단사령은 평소에 한빙천지괴멸공을 사용하는 걸 무척 꺼려 했다.

반드시 죽여야만 하는 자에게만 펼쳤고, 항상 뒤처리에 신경을 써왔다. 혹시라도 자신이 남긴 한빙천지괴멸공의 흔적을 쫓아서 화산파의 운검진인이나 사패의 추격을 받게 될 걸 걱정했던 것이다.

그런 단사령이 지금 한빙천지괴멸공을 일으켰다. 악영인을 이 자리에서 죽이겠다는 의지를 드러낸 것이나 다름없었다.

'이 악가의 애송이 환관 녀석을 단숨에 죽여 버릴 것이다!'

단사령은 두 눈에 살기를 번뜩이며 한빙천지괴멸공의 한음기를 화살처럼 악영인에게 쏘아 보냈다.

"큭!"

악영인이 헛바람을 들이키며 뒤로 몇 걸음을 물러섰다.

단사령이 쏘아 보낸 한빙천지괴멸공의 한 음기!

도착도 전에 칼날 같은 기세로 악영인의 호신기를 뒤흔들어 놨다. 단숨에 그의 영현일기신공을 뚫고 들어와 끔찍한 한기를 불러일으킨 것이다.

'비무 때보다 훨씬 강력한 한기다!'

악영인은 섬뜩한 기분에 안색을 딱딱하게 굳혔다. 지난번에 비무를 벌였을 때와는 완전히 달라진 단사령의 무공에 두려움을 느끼지 않을 수 없었다.

그러나 곧 그녀의 시선 속으로 죽은 듯 쓰러져 있는 모용조경의 모습이 파고들었다.

쌍둥이 오빠 악무산의 정혼녀!

자신을 악무산이라 착각하고 정혼을 강요했던 여인!

그리고 지금은 얄밉게도 이현에게 눈독을 들이고 있는 여인!

그런 그녀를 악영인은 결코 포기할 수 없었다. 반드시 단사령에게서 구해내야만 했다.

파파팟!

악영인이 언제 뒤로 물러섰냐는 듯 수중의 장창을 맹렬하게 휘둘렀다.

오감차단창격술!

악영인으로 하여금 관외의 전신으로 불리게 만들었던 독문의 창술이 대기를 갈랐다. 그녀를 노리며 연속적으로 날아들던 한빙천지괴멸공의 한음기를 단숨에 부숴 버렸다.

팟!

그리고 곧바로 바닥에 강한 진각을 일으키며 앞으로 불쑥 튀어나온 악영인!

그녀가 만들어낸 장창의 그림자가 순간적으로 단사령의 전신을 가렸다.

그의 주변을 안개처럼 떠돌아다니고 있던 한빙천지괴멸공의 한음기를 용권풍처럼 창으로 휘저어 버렸다. 단숨에 수백 개의 조각으로 분쇄하며 짓쳐 들어갔다.

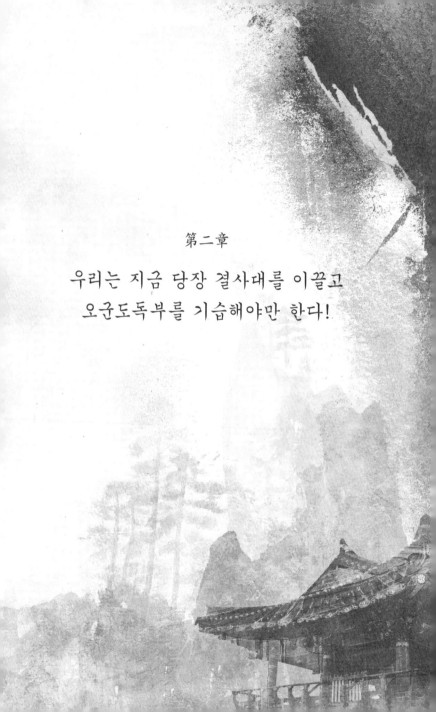

第二章

우리는 지금 당장 결사대를 이끌고
오군도독부를 기습해야만 한다!

'악가신창술은 과연 대단하군! 한빙신마 단사령을 상대로 이만큼 싸울 수 있다니 말이야!'

운종은 내심 탄성을 발했다.

그가 직속 상관인 유청요의 묵인하에 생사결이 펼쳐지고 있는 파양대전에 은밀히 숨어든 건 대략 한 시진 전이었다.

맨 처음 그가 어전비무대회에 참가한 목적은 명확했다.

사파제일고수 한빙신마 단사령!

당대 천하제일인 운검진인과 싸웠던 그와 전력을 다해 싸워보고 싶었다. 그렇게 평생 지밀대의 그늘에서 지냈던 자신의 무력을 제대로 인증받고자 했다.

그러나 운종은 생사결을 앞두고 조준을 만나서 패배했다.

전력을 다할 수 없는 상태에서 어처구니없는 패배를 당했다.

그래서 그는 인정할 수 없었다.

반드시 생사결에 참가한 두 사람, 한빈신마 단사령과 조준을 만나서 진짜 자신의 실력을 보여줘야만 했다. 그러기 전에는 결코 납득할 수 없는 기분이었다.

그런데 막 그가 파양대전에 숨어들 무렵 상황이 급변했다.

갑자기 움직이기 시작한 지밀대의 최정예!

금의위의 일부 세력과 함께 단숨에 파양대전 일대에서 혈전을 벌이기 시작했다. 어전비무대회를 총괄하고 있던 무적철혈도 팽무군 휘하의 금의위 정예들을 몰살시키고, 동창의 실력자 태감 명공 일파 역시 숙청에 들어갔다.

그야말로 질풍노도와 같은 대격변!

이 느닷없는 혼전의 한가운데에서 운종은 용케도 상관 유청요의 밀명을 전달받았다.


동창의 거인은 건재하다!

그동안의 고민과 번뇌가 일거에 날아갔다. 검치 노철령과 칠황야 사이에서 고민하며 멋지게 줄타기하던 유청요가 드디어 결단을 내린 것이다.

운종은 잠시 고민했다.

유청요의 밀명!

운종에 대한 강제력은 존재하지 않았다. 그에게 현 상황만 전달했을 뿐이다.

그러니 결정은 그의 몫이었다.

이번 숙청 작업에 곧바로 끼어들거나 본래 목적에 충실하거나.

운종은 적당히 중간쯤에서 타협하기로 결정했다.

그는 일단 조준은 포기하고 애초의 목표였던 한빙신마 단사령에게 집중했다. 그를 죽이거나 포획함으로써 반역의 주체인 칠황야와 13황자 모두에게 타격을 입힐 수 있다는 판단을 내린 것이다.

'그런데 하필 다른 손님을 먼저 받고 있을 줄이야! 그것도 사패 중 하나인 산동악가의 고수를 상대로 말이야!'

그러고 보니, 단사령과 사패 간의 악연은 아직 끝나지 않은 것 같다. 이런 식으로 다시 사패의 하나인 산동악가의 고수와 생사결전을 벌이고 있으니 말이다.

내심 은신한 곳에서 염두를 굴리던 운종의 눈이 갑자기 차
갑게 빛났다.

악영인과 단사령!

일견 백중세를 보이는 듯하던 두 고수 간의 팽팽하던 대결
의 추가 갑자기 한쪽으로 확 기울어졌다. 노도와 같은 악영인
의 악가신창술에 잠시 밀리는 듯하던 단사령이 서서히 반격을
가하기 시작한 것이다.


                    *              *              *


"큭!"

악영인은 신음과 함께 뒤로 주춤거리며 물러섰다.

방금까지 단사령을 향해 맹폭을 가하던 그의 장창 역시 상
황은 다르지 않다.

하얗게 내려앉은 성에!

창두로부터 시작되어 어느새 악영인의 손까지 뻗어 있었다.
악가신창술로 단사령을 공격하던 중 그가 전개한 한빙천지괴
멸공의 한음기에 걸려든 것이다.

당연하달까?

악영인의 영현일기신공은 어느새 한계에 봉착해 있었다.

여전히 단사령을 향해 장창을 휘둘러 대곤 있으나 그 속도

는 이미 현저히 떨어져 있었다. 위력 역시 마찬가지다. 더는 단사령을 압도할 만한 것이 아무것도 남아 있지 않았다.

단사령의 입가에 가느다란 미소가 떠올랐다.

"흐흐, 어린 나이치고 나쁘지 않은 창술이었다. 그럭저럭 볼 만했어. 하지만 이제 놀이는 슬슬 끝내야 할 것 같구나."

"……"

악영인이 어금니를 깨물었다.

단사령의 말은 허장성세(虛張聲勢)가 아니었다.

어느새 그의 전신을 휘감고 있던 한빙천지괴멸공의 음한기의 기운이 폭발적으로 확장되었다.

그렇게 형성된 혹한의 회오리바람!

단숨에 악영인의 약해질 대로 약해진 악가신창술을 밀어붙인다. 그녀의 영현일기신공의 방어력을 삽시간에 깎아내리고 붕괴시켰다.

"악!"

결국 짤막한 비명과 함께 악영인이 주르륵 뒤로 밀려났다. 여기에서 다시 한차례 더 강력한 일격이 가해진다면 그녀의 패배는 확정되고 말 터였다.

그런데 바로 그때였다.

막 악영인에게 최후의 일격을 가하려던 단사령이 흠칫 놀린 표정을 지어 보였다.

스파앗!

순간, 어둠 속에서 불쑥 튀어나온 검은 그림자!

동창 지밀대 사신의 칼날이 단숨에 단사령의 목으로부터 등뼈로 이어진 연결 부위를 사정없이 찔러갔다.

푸확!

단사령의 왼쪽 어깨에서 피가 분수처럼 솟구쳤다. 악영인을 사경으로 몰아넣던 중 불시에 당한 기습이라 완벽하게 피해내는 데 실패한 것이다.

그러나 다음 순간이었다.

휘릭!

기쾌한 동작으로 신형을 돌려세운 단사령이 하얗게 빙결된 소수(素手)로 자신을 암습한 운종을 격타했다.

차창!

그러자 재빨리 품속에서 또 다른 칼날을 뽑아서 단사령의 소수를 막은 운종의 신형이 뒤쪽으로 부웅 날아갔다.

단사령의 역공에 피해를 입은 것일까?

그렇진 않았다.

운종은 단사령의 소수에 담긴 공력을 오히려 이용했다. 곧바로 이어진 그의 연속 공격을 피해서 신형을 뒤로 날리는 데 말이다.

단사령이 차갑게 말했다.

"영리하군. 하지만 그런 정도로 내 신공을 무마할 수 있을 거라 생각했다면 오산이다!"

'크헉!'

운종은 목구멍까지 치밀어 오른 비명을 가까스로 삼켰다.

단사령의 말이 옳다.

그가 칼날로 막아낸 단사령의 소수에 담긴 음한기는 상상을 초월할 정도로 강력했다.

재빨리 내력에 몸을 실고 뒤로 신형을 날렸음에도 어느새 체내로 침습해 들어왔다. 두터운 내력의 보호벽을 뚫고 기경 팔맥에 잔인한 상처를 남긴 것이다.

'나는 한빙신마의 상대가 못 된다!'

처절한 깨달음이었다.

조준에 이어 한빙신마 단사령에게도 연파를 당해 버렸다. 우물 안 개구리란 말을 떠올리지 않을 도리가 없다.

하나 곧 운종은 마음을 정리했다.


무력의 패배!


인정한다.

그러나 생사의 대결에서까지 지고 싶진 않았다. 그 같은 싸움이야말로 이태까지 어둠 속에서 사신으로 살아온 운종이

우리는 지금 당장 결사대를 이끌고 오군도독부를 기습해야만 한다! 45

가장 자신 있는 것이니까.

파악!

운종이 품속에서 한 줌의 모래를 뿌렸다.

"허튼짓을!"

단사령이 쌍수에 바람을 일으켜서 모래를 흩어버렸다. 혹시라도 혹도에서 사용하는 독 모래일 수 있기에 미리 조심한 것이다.

그러자 뿌옇게 흩어지는 모래 속에서 갑자기 자취를 감춘 운종!

스스스슥!

찰나의 순간, 거짓말처럼 공간을 이동한 운종의 칼날이 단사령의 옆구리로 파고들었다.

모래를 뿌린 것과 동시에 이형환위를 펼쳐서 마치 공간을 이동한 것 같은 효과를 발휘했다. 처음에 모래를 뿌릴 때부터 완벽하게 계획된 역공이었다.

그러나 단사령에겐 한빙천지괴멸공이 존재했다.

쩌정!

미리 준비해 놨던 한빙천지괴멸공의 음한기가 호신강기 형태로 운종의 칼날을 막아냈다. 애초부터 이런 종류의 공격이 있을 걸 대비하고 있었던 것이다.

게다가 한빙천지괴멸공의 음한기는 여기에서 그치지 않고,

뒤로 물러나는 운종을 다시 공격했다. 얼음의 화살로 변해서 그의 전신에 고드름을 만들어 버렸다.

"쿨럭!"

그 결과, 운종이 입에서 검은색 토혈을 내뱉을 때였다.

슈파팟!

단사령의 배후에서 날카로운 창격음이 일어났다. 방금까지 빈사 상태에 몰렸던 악영인이 전력을 다해 일격을 가해온 것이다.

'망할 애송이가!'

단사령이 내심 버럭 소리 지르며 한빙천지괴멸공을 호신강기로 전환했다.

이대로 운종을 놔줄 순 없다는 판단!

악영인의 약화된 악가신창술 정도는 충분히 방어해 낼 수 있다는 자만심의 발로였다.

한데, 이게 어찌 된 일인가!

콰득!

단사령의 한빙천지괴멸공이 뚫렸다.

거짓말처럼 악영인의 장창이 그의 호신강기를 비집고 파고들어 옆구리에 큼지막한 구멍을 만들었다.

게다가 그것만이 아니다.

"크아아악!"

옆구리로 파고든 악영인의 장창이 맹렬한 회전을 일으켰다. 그렇게 단숨에 단사령의 옆구리에서 대량의 피를 뿜어지게 만들었다.

휘청!

단사령이 신형을 휘청거리면서도 소수를 날려 운종을 다시 때리고 발을 날려 악영인의 장창을 걷어찼다.

파팍!

악영인의 장창이 부러져 날아갔다. 이미 잔뜩 얼어붙어 있었던 터라 단사령의 강력한 각법을 견뎌낼 수 없었던 것이다.

그러자 갑자기 허공을 가르며 날아온 길쭉한 칼날!

푸학!

단사령의 어깨가 썩둑 잘렸다. 이미 운종에게 상처 입었던 왼팔이 어깨부터 깨끗이 절단되어 바닥에 떨어져 내렸다.

그러나 희한하게도 단사령의 잘린 어깨의 절단면에서는 피가 흘러내리지 않았다. 운종에게 부상을 당했을 때부터 이미 한빙천지괴멸공을 이용해 상처 부위를 얼려놨기에 가능한 일이었다.

그리고 결과적으로 이로 인해 단사령은 죽음의 위기에서 벗어날 수 있었다.

패앵!

연달아 날아든 칼날을 한 치의 동요도 없이 피한 단사령이 뒤도 돌아보지 않고 신형을 날렸다. 악영인이 부수고 들어온 파양대전의 구멍을 통해 도주해 버린 것이다.

털썩!

풀썩!

그 순간 원치 않게 단사령을 합공하는 꼴이 됐던 두 사람, 운종과 악영인이 거의 동시에 바닥에 무너져 내렸다.

단사령의 한빙천지괴멸공은 그만큼 강력했다. 거의 초절정 급에 도달한 두 사람으로 하여금 사경을 헤매게 할 정도였으니 말이다.

바로 그때, 연달아 칼날이 날아온 방향에서 요란한 폭발음과 함께 이현이 모습을 드러냈다.

그의 양손에는 왜검이 들려져 있었고, 허리에도 몇 자루 더 꽂혀 있었다. 부상국의 인자들과 싸우며 얻은 왜검을 상당수 챙겨놨던 것이다.

그가 휑하니 뚫려 있는 파양대전의 외벽을 눈으로 살피고 얼른 악영인에게 다가왔다.

"무산아, 괜찮냐?"

악영인이 입에서 허연 한기를 내뱉으며 이현을 올려다봤다.

"혀, 형님? 그, 그럼 방금 전에 내 몸속에 내력을 전달해 줬던 건 역시 형님이셨구려?"

"그래, 나다."

"그, 그런데 모용 소저는 어찌 됐수?"

"모용 소저?"

이현이 악영인의 말에 살짝 인상을 찌푸리고 고개를 돌려 모용조경을 바라봤다.

한빙천지괴멸공이 바탕이 된 단사령의 소수공에 암격을 당한 그녀의 몸은 어느새 꽁꽁 얼어붙어 가고 있었다. 악영인과 달리 한빙천지괴멸공의 한음기에 대한 몸속의 저항 능력이 완전히 붕괴되어 버린 것이다.

"망할!"

이현이 단숨에 그 같은 사정을 눈치채고 얼른 모용조경에게 다가가 그녀의 코끝에 손가락을 가져다 댔다.

'아직 완전히 숨이 끊기지 않았다!'

내심 눈을 빛낸 이현이 얼른 모용조경을 품에 안았다. 자신의 강력하고 정순한 내공을 이용해서 그녀의 얼어붙은 몸을 녹이기 위함이었다.

파스스!

그러자 모용조경의 전신에 달라붙어 있던 얼음조각들이 유리 파편처럼 사방으로 튀어올랐다. 이현의 내공력에 한빙천지괴멸공의 한음기가 반발을 보이기 시작한 것이다.

투둥!

모용조경의 몸이 이현의 품에서 한 마리 연어처럼 파닥거렸다.

한 번이 아니다.

몇 차례에 걸쳐서 그리했다.

그리고 어느 순간 해면체처럼 축 늘어져 버린다.

'내 힘으론 곤란하다! 의원이 필요해! 그것도 화타나 편작급의 명의가 말이야!'

이현이 품 안의 모용조경을 잠시 복잡한 표정으로 바라보다 버럭 소리 질렀다.

"조준! 명왕종의 술사니까 의술 좀 하지?"

이현이 뛰쳐나온 팔문금쇄진의 공간 저편에서 조준의 무덤덤한 목소리가 흘러나왔다.

"한다."

"그럼 어서 튀어나와서 사람 좀 구해 봐!"

"내가 어째서 그래야 하지?"

"딱히 그럴 필요는 없어. 그냥 내가 너한테 지금 부탁하는 거야."

"부탁이라……."

조준이 나직한 중얼거림과 함께 어둠 속에서 모습을 드러냈다.

이현과 조준.

두 사람은 팔문금쇄진 안에서 기묘한 관계를 형성했다. 팔

문금쇄진 속에 몰래 숨어서 암습을 가해온 부상국 인자들을
몰살시키고 싸우다가 일종의 협정을 맺은 것이다.

생사결이 끝나고 팔문금쇄진을 벗어날 때까진 암묵적으로
힘을 합친다!

당연히 여기에는 이현의 의중이 많이 반영되었다.

명왕종의 제자인 조준이 팔문금쇄진을 벗어날 때까지 꽤나
유용하단 판단 때문이다.

그럼 조준은 어째서 이현의 말을 들은 것일까?

'…나도 그건 잘 모르겠군. 어째서 마검협과 당장 목숨을
걸고 싸우지 않는 건지 말이야!'

스스로에게 잠시 자문을 한 후 곧바로 고개를 가로저어 보
인 조준이 모용조경 쪽으로 빠르게 다가들었다.

"옴!"

그리고 진언과 함께 손가락으로 몇 가지 기묘한 수결을 만
들어 보이자 허공에 놀라운 이변이 나타났다. 아무것도 없던
텅 빈 공간에 불교의 대만다라─사종만다라(四種曼茶羅)의 하
나. 우주의 진리나 그 보편적인 모습을 부처와 보살로 묘사한
그림─를 닮은 도형이 빛으로 그려진 것이다.

조준이 나직하게 진언을 외웠다.

"대만다라!"

불교에서이세계를　십계로써분류하니
지옥아귀축생수라　인간천상성문연각
보살세계불세계라　이와같이십번계가
각각상이다르지만　육대로써연기하여
모든상을이룬고로　대만다라됨이니라

"삼매야만다라!"

이와같이십계중에　산천초목국토기구
생명없는모든것은　다삼매야만다라라
일체유정통제상이　대만다라되었으며
일체비정통제상이　곧삼매야만다라라

"법만다라!"

이와같이유정비정　음향언어명칭성명
말을그린모든문자　법만다라되느니라

"갈마만나라!"

우리는 지금 당장 결사대를 이끌고 오군도독부를 기습해야만 한다!  53

이와같이십법계에   모든유정비정들과
일체유형무형물은   변천동작있는고로
이동작의그이름이   갈마만다됨이니라
그리하여만물상은   개개따로다르지만
개개마다그자체에   이사만을갖췄으며
때와장소따라서는   모든상이다르지만
이와같은차별상을   사만으로통합하니
통일체의개개체요   개개체가전체므로
진언밀교세계관이   이에발족하느니라


"옴마니반메훔! 옴마니반메훔! 옴마니반메훔!"

연속적이고 빠르게 진언을 외운 조준이 손을 뻗어 자신이 허공에 그려냈던 대만다라를 빨아들였다.

그러자 눈이 멀 듯 찬연한 빛을 발하기 시작한 그의 손바닥!

그 가운데 빛으로 응축된 대만다라를 조준이 재빨리 모용조경의 입속에 집어넣었다.

"헉!"

의식불명 상태에 빠져 있던 모용조경의 입에서 비로소 숨결이 터져 나왔다.

마치 몸을 빠져나갔던 혼백이 다시 돌아온 것같이.

*　　　　*　　　　*

'역시 쓸 만한 놈이란 말이야!'

본격적으로 모용조경의 치료에 들어간 조준을 기특하다는 듯 바라보던 이현이 악영인에게 말했다.

"넌 어떻게 이곳에 나타난 거냐?"

"그게⋯⋯."

"주 군주가 시켰냐?"

"⋯예."

'그렇다는 건 예상보다 빠르게 검치 노야가 반황제파 정리에 들어갔다는 건데⋯⋯.'

내심 눈살을 찌푸려 보인 이현이 악영인에게 다시 물었다.

"밖의 상황은 어떻게 전개되고 있냐?"

"주 군주가 용맹무쌍하게 반역도들을 쓸어버리고 있습니다. 이미 동창과 금의위 쪽은 정리되었고, 지금은 조정의 대신들과 병부 쪽을 털고 있는 것 같더군요. 도대체 어디에서 데려왔는지 주 군주를 따르는 고수들이 엄청 많더라구요."

"뭐, 해남파겠지."

"해남파요?"

우리는 지금 당장 결사대를 이끌고 오군도독부를 기습해야만 한다! 55

"너하고 같이 날 공격했던 자들 말이다."

"아! 그 연홍 소저하고 함께 주 군주가 데려왔던 자들을 말하시는 거로군요?"

"어. 아마 반황제파에서 부상국의 고수들을 끌어들인 것에 대한 대안으로 검치 노야는 해남파를 포섭했을 거야. 해남파와 부상국은 아주 오래된 원수거든."

"저도 예전에 아버님께 들은 적이 있던 것 같습니다. 부상국은 현재 전국시대가 한창인데, 각 번에서 몰락한 영주들이 바다로 나와서 중원의 해남 일대를 노략질한 지가 오래되었다고 하더군요."

"그래, 그 왜구들이 주로 노략질하는 곳이 바로 해남 일대의 섬하고 해안가이니 그곳의 터줏대감 격인 해남파와 충돌이 없을 리 만무한 것이지."

"햐아! 검치 노야님은 정말 대단하시군요! 그런 점까지 미리 알고 해남파를 끌어들였으니 말입니다!"

"검치 노야가 이번에 끌어들인 건 해남파뿐이 아니야."

"다른 문파도 끌어들였다는 겁니까?"

"그래, 아주 무서운 곳을 끌어들였지."

"무서운 곳이요?"

"그래, 도대체 어떻게 그럴 수 있었는지는 모르겠지만."

"그곳이 어딘……."

악영인이 이현에게 다시 질문하려다 흠칫 놀란 표정이 되었다.

슈각! 슈가각!

여전히 절반 이상 작동하고 있던 팔문금쇄진 안에서 갑자기 두 개의 그림자가 튀어나왔다.

그들의 목표는 다름 아닌 조준!

모용조경의 치료에 여념이 없던 그를 향해 필살의 합공을 가했다.

스팟! 팟!

그러나 악영인보다 더 빨리 그들의 존재를 파악하고 있던 이현이 왜검을 빠르게 집어 던졌다.

비검(飛劍)!

빠르고 강력한 위력을 담은 채 허공을 가로지른 두 개의 왜검이 그림자들의 앞을 가로막았다. 혼신의 힘을 다한 그들의 암습을 실패하게 만든 것이다.

슥!

그와 동시였다.

순식간에 신형을 날린 이현이 다른 왜검으로 번개같이 검격을 가했다. 왜검 두 개를 날린 것과 거의 동시에 신형을 날리고, 검격을 가하는 동작이 이뤄졌다. 혹시라도 암습자들이 조준이나 모용조경에게 해고지를 할 것에 대한 대비였다.

슥! 스슥!

하나 암습자들은 그 순간 이미 파양대전 밖으로 도주하고 있었다. 처음부터 조준을 암습하는 것보다 파양대전을 빠져나가는 것이 목적이었음이 분명하다.

"그놈들 참!"

이현이 조준 앞을 가로막아 선 채 나직이 혀를 찼다. 자신이 당했다는 생각이 들었기 때문이다.

그때 모용조경의 치료를 어느 정도 끝낸 조준이 이현을 돌아보며 말했다.

"그렇게 분해 할 것 없다. 당신이 놓친 자들은 도주에 아주 능하니까."

"아는 놈들이냐?"

"어느 정도는."

"널 아주 많이 죽이고 싶어 하던데?"

"내가 그들의 형제 세 명을 오늘 죽였거든."

"아하!"

이현이 고개를 끄덕여 보였다. 조준도 자신만큼이나 참 꼬인 인생이란 생각이 들었다.

바로 그때였다.

스으— 팟!

혼란에 휩싸인 파양대전 안으로 수중에 한 자루 보검을 든 주목란이 뛰어들어 왔다.

하얀 무복에 꽃잎처럼 번져 있는 몇 점의 핏방울!

그녀가 오늘 밤 얼마나 치열한 혈전을 치렀는지를 대변하는 듯하다.

주목란이 주변을 둘러보고 이현에게 다가왔다.

"이 대가, 뭐 하고 있는 거예요?"

"주 군주야말로 뭘 하는 것이오?"

"보면 몰라요?"

"모르겠는데?"

천연덕스러운 이현의 대답에 주목란이 눈살을 가볍게 찌푸려 보았다.

이현의 이런 성격, 싫어하지 않는다.

평소 같았으면 몇 마디 만담을 더 즐겼을 터였다.

하지만 지금은 아니었다.


전시(戰時)!


그것도 반역도당을 처단하는 중요한 때였다. 오늘 밤의 거사를 위해서 검치 노철령과 주목란은 얼마나 노심초사했던가.

주목란의 표정이 좋지 않게 변하자 이현이 얼른 태세를 전환했다.

"그런데 밖에 싸움이 꽤나 격렬했나 보군?"

"생각 이상으로 반황제파의 숫자가 많았거든요. 거기에 동조한 조정 대신들과 병부의 무장들 역시 그렇구요."

"그래서 토벌은 끝난 것이오?"

"자금성 내부는 거의 끝났어요. 어전비무대회를 참관하기 위해 성내에 들어와 있던 고관과 무장들 중 사부님의 살생부에 적힌 자들만 솎아내면 되었거든요."

"용케도 그들을 몽땅 자금성 안에 끌어들였군?"

"어차피 병부와 동창, 금의위에 속한 자들을 제외하면 황족 몇 명과 문관 십여 명이 전부니까요."

"그렇다는 건 반황제파의 주력이 이미 칠황야를 따라서 남경 쪽에 집결했다는 것이로군?"

"그랬겠죠. 이번 어전비무대회에서 황제 폐하를 납치한 후 선위를 받는 계획이 수포로 돌아가면 곧바로 반란의 깃발을 들어야 할 테니까요."

"그럼 큰일이 아니오? 중원이 전란에 빠지게 되었으니……."

"사부님이 그런 일을 그냥 두고만 보실 리가 없잖아요. 처음부터 그렇게 되는 걸 각오하셨다면 이때까지 반역도들의 준동을 참고 계셨을 리 없으니까요."

"…남경 쪽도 이미 손을 썼다는 것이군."

"······."

주목란이 대답 대신 생긋 웃어 보였다.

'칠황야의 반란이 실패로 돌아갔구나······.'

조준이 모용조경에게서 시선을 떼지 않은 채 내심 눈살을 가볍게 찌푸려 보였다. 잠깐 동안 그의 눈 속에 작은 섬광이 스치고 지나갔다.

그가 북경에 온 목적 중 하나!

신마맹주로부터 은밀하게 전달받은 밀명은 다름 아닌 칠황야의 반란과 관련되어 있었다.

칠황야의 반황제파와 신마맹은 꽤나 오래전부터 밀약을 맺어 행동을 함께했고, 이번 반란 역시 마찬가지였다.

칠황야가 반란에 성공해 명 제국의 새로운 황제로 등극하면 신마맹이 무림을 장악하는 걸 전적으로 도와주기로 약속되어 있었다.

그러나 어느 순간부터 신마맹주와 칠황야 사이에 불협화음이 일기 시작했다.

두 세력 간에 오고 가는 정보가 미묘한 차이를 보였고, 당연하게도 의견 통일은 이뤄지지 않았다. 점차적으로 사이가 벌어지게 된 것이다.

어째서 그런 일이 벌어진 것일까?

신마맹주는 자신의 분신이나 다름없는 후계자 조준을 보내서 그 원인을 파악하고자 했다. 여태까지 칠황야 측과 조율하던 역천대업의 정확한 방향을 알아내야 할 필요성을 느꼈기 때문이다.

'그리고 현사는 날 죽이려 했다. 칠황야가 주도한 반역의 혼란 속에서 자연스럽게 내 존재를 소멸시키려 한 것이다.'

즉, 반역의 싹이 자라고 있던 건 명 제국의 황실뿐만이 아니었던 것이리라.

그렇게 조준이 생각을 정리하고 있을 때였다. 뒤늦게 조준에게 치료받고 있는 모용조경을 확인한 주목란의 표정이 조금 흐려졌다.

"모용 소저, 부상을 당했군요?"

"암습을 당했다더군."

"생사결에 참가했던 자인가요?"

"그건 확실치 않소. 오늘 밤 이곳 파양대전 안에는 생각보다 많은 자들이 숨어 있었거든. 아마도 검치 노야의 계획대로 말이오."

"이 대가도 어느 정도는 알고 어전비무대회에 참가하신 거잖아요?"

"어느 정도만 알았지. 그런데 주 군주, 이런 곳에서 시간을 보내고 있어도 되는 것이오?"

"사실 안 돼요."

"응?"

기대했던 것과 전혀 다른 주목란의 말에 이현이 고개를 갸웃해 보였다.

주목란이 어깨를 가볍게 으쓱해 보였다.

"사부님과 제가 황족들 중 한 명을 놓치고 있었던 것 같네요."

"꽤 유력자인 것 같은데?"

"이 대가 말이 맞아요. 황제 폐하의 아들인 13황자니까요."

"13황자라면 그때 요리집에서 만났던……."

"예, 덕룡이, 그 바보 같은 녀석이 칠황야의 밀서를 가지고 북경성을 빠져나가서 오군도독부를 장악해 버린 것 같아요."

"오, 오군도독부?"

이현이 자신도 모르게 소리를 질렀다.

그럴 수밖에 없다.

오군도독부!

천자가 기거하는 북경성 일대를 지키는 수비대로 모두 경사(京師)에 위치하고 있다.

매 부(府)는 각기 좌, 우 도독(都督) 각 한 명을 수뇌로 삼으며 그 밑으로 도독동지(都督同知) 각 한 명, 도독첨사(都督僉事) 약간 명이 존재한다.

도독부 예하에는 경력사(經歷司), 경력, 도사(都事)가 각 한 명씩 업무를 관장하는데, 사사(使司: 약칭은 도사), 위소관병(衛所官兵)은 군대의 훈련, 기율, 보급, 둔전 등의 사무를 맡는다.

각 도독부 간 상호 예속 관계는 없는데, 직접 병부와 연락하여 병부(兵部)와 도사(都司) 간 상하 관계를 형성하여 군적(軍籍), 군정을 주관한다.

그러나 전쟁 발발 시에도 도독(都督)은 직접 병력을 지휘할 수 없었기에 황제가 임시로 총병관(總兵官)을 임명해야만 한다. 원천적으로 북경 인근에서 반란이 일어나는 걸 봉쇄하기 위함이었다.

그런데 이런 오군도독부를 13황자가 장악했다고 주목란은 말하고 있었다.

"어떻게?"

이현이 놀라 소리치듯 묻자 주목란이 조금 침잠된 표정으로 말했다.

"황제 폐하의 칙서를 가져가서 직접 총병관이 된 모양이에요."

"설마 황제 폐하가 이미 저들의 손에 붙잡힌 것이오?"

"그렇진 않아요."

"한데 어떻게 그런 일이 벌어진 것이오?"

"위조죠."

"위조?"

"예, 칠황야가 황제 폐하의 옥쇄를 그동안 위조했던 모양이에요. 그걸 13황자가 가지고 오군도독부로 달려갔구요."

"하지만 그렇다 해도… 아! 오군도독부 내에도 반황제파가 상당수 존재했던 것이로군!"

이현의 입에서 장탄성이 터져 나왔다. 비로소 파양대전에 뛰어들어 온 주목란의 얼굴에 깃든 초조함의 정체를 깨달았기 때문이다.

검치 노철령의 계획대로 자금성 정리에 성공한 현재!

북경성 밖에는 칠황야의 사주를 받은 13황자가 오군도독부의 정예 대병을 이끌고 몰려오고 있을 터였다. 황제의 옥쇄가 찍혀 있는 가짜 어지를 가지고 말이다.

물고 물리는 상황!

갑자기 된통 뒤를 물리고 말았다. 어쩌면 치명상이 될 수도 있을 만큼 심각하게.

이현이 말했다.

"주 군주, 황제 폐하를 불러오시오!"

"안 돼요."

"어째서?"

"폐하는……."

잠시 말끝을 흐린 주목란이 한숨을 내쉬었다.

"…하아! 폐하는 현재 와병 중이세요."

"와병?"

"예, 폐하는 마음의 병이 심한 상태세요. 그래서 정사를 돌보지 않으신 지 이미 십수 년째예요. 그러니까 이번 반란은 우리가 처리할 수밖에 없어요."

'와병은 무슨!'

이현은 내심 버럭 소리 질렀다. 주목란이 말한 황제가 앓고 있다는 마음의 병이 헛소리임을 익히 알고 있었기 때문이다.

그러나 주목란은 어찌 됐든 황족이었다.

그녀가 황족의 중심인 황제의 치부를 숨기고 싶어 하는 마음을 이해한 이현이 이깨를 가볍게 추어 보였다.

"그럼 주 군주, 어찌할 작정이오? 설마하니 오군도독부의 대병을 상대로 북경성에서 농성(籠城)에 들어갈 생각은 아닐 테고?"

"농성은 힘들어요. 북경성의 많은 백성들을 먹여 살릴 식량이 절대적으로 부족하니까요."

"하면?"

"그래서 우리는 지금 당장 결사대를 이끌고 오군도독부를 기습할까 해요."

"그래서 총병관 행세를 하는 13황자를 제압할 작정이오?"

"예, 저와 함께해 주시겠어요?"

이현이 인상을 쓰며 뒤통수를 긁적였다. 자신을 반짝이는 눈으로 바라보고 있는 주목란의 기대에 찬 시선이 무척 부담스러웠기 때문이다.

'쳇! 이거 자칫 잘못하면 나 하나 목숨을 거는 선에서 끝나지 않게 생겼잖아? 뭐, 이런 일이 아니라면 검치 노야가 그렇게 사정사정하진 않았을 테지만…….'

내심 혀를 찬 이현이 마뜩지 않은 표정으로 고개를 끄덕였다.

"계책을 내보시오."

"이 대가, 먼저 감사 인사를 드리겠어요!"

주목란이 이현에게 고개를 숙여 보였다. 고귀한 군주이자 금의위의 진무사인 자신의 위치를 이현 앞에서 완전히 내려놓은 것이다.

이현이 손을 휘둘러 얼른 그녀를 일으켰다.

"그런 식으로 날 옭아맬 작정은 마시오! 중과부적(衆寡不敵)이라 생각되면 뒤도 돌아보지 않고 도망칠 작정이니까!"

"호호, 이 대가도 제법이네요. 절 위해서 그런 농담을 다 하시고."

'농담 아닌데…….'

"이 대가가 싸움을 앞두고 도망가는 모습을 저는 정말 상상조차 할 수 없네요."

'…그야 일반적인 싸움이라면 그렇겠지. 하지만 내가 왜 병신 같은 황제 때문에 목숨을 걸겠어? 맹자님도 말씀하시길 임금은 임금다워야 하고, 신하는 신하다워야 한다고 했는데, 지금 황제가 어딜 봐서 황제답냐구? 그러니 이런 반란도 일어나게 된 거고 말이야!'

내심 항변하면서도 이현은 굳이 주목란의 말에 딴죽을 걸지 않았다. 자신보다 훨씬 현 상황에 괴로워하고 있는 게 바로 그녀임을 알고 있었기 때문이다.

그때 악영인이 다가와 말했다.

"형님, 주 군주님, 저도 두 분과 함께하겠습니다!"

"굳이 그럴 필요는……."

"아닙니다! 형님, 저 역시 악가의 자손! 어찌 반역도들이 북경성을 농락하는 걸 지켜보고만 있겠습니까? 그리고 본래 칠황야 일파에겐 쌓인 은원이 좀 되기도 하고요."

"…쌓인 은원?"

"관외에서 군 생활을 할 때 좀 많이 괴롭힘을 당했거든요."

"뭐, 그렇다면야!"

이현이 고개를 끄덕여 보이자 주목란이 살짝 그를 흘겨봤다. 어떻게 보더라도 황제를 위해 목숨을 거는 충신다운 모습이 보이지 않았기 때문이다.

하지만 곧 그녀는 내심 한숨을 내쉬었다.

'하아! 사부님만 북경에 계셔도 이런 일은 벌어지지 않았을 텐데……'

검치 노철령!

동창의 제독 태감이자 황제의 그림자로 결코 북경을 떠난 적이 없던 황궁제일의 고수!

그런 노철령이 지금 북경에 없음을 주목란은 내심 한탄하고 있었다.

이게 어찌 된 일일까?

第三章

저자가 바로 이현이로군

주목란은 그쯤에서 생각을 정리하고 이현에게 말했다.

"저 사람은 누구죠?"

'빨리도 묻는군.'

주목란의 시선이 여전히 모용조경에게 집중하고 있는 조준
을 향하자 이현이 어깨를 으쓱해 보였다.

"대막 출신의 조준이란 자요."

'조준이라면 팽무군의 추천으로 어전비무대회에 참가한 자
인데…….'

주목란이 미간을 찌푸리자 이현이 얼른 손을 저어 보였다.

"뭐, 저자에 대해선 크게 걱정할 필요 없소. 칠황야와 관련된 자는 아닌 것 같으니까."

"그거 확실해요?"

"글쎄?"

"글쎄!"

주목란의 표정이 험상궂게 변했다. 그러자 이현이 고개를 돌려 조준을 향해 말했다.

"조준! 너 칠황야랑 잘 아냐?"

"아니."

"그럼 반역에 관심 있어?"

"전혀."

"그럼 날 따라와라!"

"……."

이현이 입을 굳게 다문 조준에게 얼른 첨언했다.

"내가 왜란 말 따위 하지 마! 우리가 나눈 말을 하나도 빼놓지 않고 들었을 테니까!"

"그래도 '내가 왜?'란 말을 한다면?"

"이 자리에서 죽어야지!"

"그게 가능할 거라 생각하는 건가?"

"어."

이현이 대답한 것과 동시였다.

슥! 스슥!

주목란과 악영인이 거의 동시에 움직여 조준을 포위했다. 이현이 한마디만 덧붙인다면 그대로 조준을 합공해 척살하겠다는 의지를 품고 말이다.

조준이 인상을 썼다.

"이게 사람을 구해준 것에 대한 대가인가?"

"어."

"……"

"왜? 황제 폐하를 구하는 만고의 충신이 될 기회를 준 건데? 혹시 알아? 이번 기회에 돈벼락 맞고 출세하게 될지?"

"당신은 그러고 싶은가?"

"아니."

"그럼 나는 어떨 것 같나?"

"나랑 나중에 다시 제대로 붙어보고 싶겠지? 그러려고 북경에 온 거 아냐?"

"……"

조준이 다시 침묵 속에 이현을 바라보다 문득 시선을 다른 쪽으로 돌렸다.

"이렇게 된 이상 당신도 그만 죽은 척하고 일어서도록 해. 아니면 진짜 죽이는 것도 나쁘진 않겠군."

"……"

조준은 두 번 말하지 않았다.

스파앗!

순간, 그의 손에서 예의 빛으로 된 검이 튀어나와 핏물 속에 널브러져 있던 운종을 공격했다. 쏜살같이 날아가서 그의 몸을 일도양단하려는 것이다.

슥!

그러자 귀영처럼 신형을 일으켜 세운 운종!

그는 재빨리 신형을 분신해서 조준이 날려 보낸 빛의 검을 피해냈다. 조준이 미리 경고한 걸 감안해도 무척 기민한 움직임이다.

이현이 박수를 쳤다.

짝! 짝!

그리고 말한다.

"이렇게 결정되었군. 결사대가 말이야!"

"……"

운종이 황당한 표정으로 조준, 그리고 이현을 노려봤다.

\*            \*            \*

파양대전을 빠져나온 한빙신마 단사령은 단숨에 일이 잘못되었다는 걸 눈치챘다.

파양대전 일대!

그야말로 혼란의 극치였다.

각기 다른 복장을 한 동창과 동창, 금의위와 금의위가 동료의 몸에 칼을 꽂아 넣고 있었다. 밤이 무색할 정도로 환한 자금성 일대에서 지금 피를 피로 씻는 혈전의 폭풍이 몰아치고 있는 것이었다.

'망했군!'

단사령은 내심 눈살을 찌푸리고 파양대전을 빠져나온 자신을 향해 달려드는 금의위 위사 두 명을 단숨에 얼려 버렸다.

그리고 또 한 명!

단사령의 배후에서 날카롭게 칼날을 휘두르는 자가 있었다.

방금 전 얼려 버린 위사와는 위력 자체가 다른 도기!

순간적으로 단사령은 자신의 몸 자체가 절반으로 쪼개지는 듯한 느낌을 받았다.

그 정도로 파괴적인 도기였다.

그러나 단사령은 빙글 신형을 돌리면서 수장을 강하게 앞으로 내쳤다.

파창!

그의 소수가 빙결된 채 도기를 받아냈다. 혈육으로 된 손으로 맹렬한 도기가 담긴 장도의 패도적인 일격을 간단히 막아낸 것이다.

"이 무슨!"

도기를 펼친 전포 무장의 입에서 당혹한 목소리가 흘러나왔다.

금의위 진무사 무적철혈도 팽무군!

이번 어전비무대회의 총책임을 맡은 그가 바로 단사령을 뒤에서 암격한 전포 무장의 정체였다.

슥!

단사령이 그런 팽무군을 확인하고 뒤로 신형을 이동했다.

곧바로 변화를 보인 팽무군의 오호단문도의 도기를 피하기 위함이었다.

그러자 팽무군이 엄한 표정으로 소리쳤다.

"정체를 밝혀라!"

"정체를 밝히면?"

"뭐?"

단사령의 대답이 예상 밖이었던지 팽무군이 당황한 표정이되었다.

단사령의 입가에 흐릿한 미소가 번졌다.

"운이 좋군. 이런 곳에서 황호령주를 만나게 되었으니 말이야!"

"당신은……."

팽무군이 놀라서 뭐라 말하려다 입을 다물었다. 전날 현사의 동창 밀정인 명공을 만났을 때가 떠올랐기 때문이다.

단사령이 말했다.

"맞아, 나 역시 맹에 속한 자다. 십여 년 전부터 현사 노사의 명으로 칠황야를 모시고 있지."

'…또 현사인가!'

팽무군은 인상을 구겨 보였다.


신마맹의 2인자 총군사 현사!


그는 팽무군의 인생에 있어 암운(暗雲), 그 자체나 다름없었다.

어린 시절 현사에게서 얻은 마공서로 팽무군은 하북팽가 최고의 기재가 되었고 소가주의 직위를 차지할 수 있었다. 마공의 놀라운 속성 능력에 하북팽가 가전의 신공을 결합하여 아주 빠르게 절정급의 무공을 완성했기 때문이다.

그러나 인생에 공짜는 없었다.

마공의 부작용으로 인해 팽무군은 광기를 얻게 되었다.

수일, 혹은 몇 달에 한 번씩 미칠 것 같은 색욕과 살욕을 동시에 느껴서 수십 차례에 걸쳐 민가의 부녀자들을 겁탈하고, 살인했던 것이다.

당연히 하북 일대에서 빠르게 이 살인색마에 대한 소문이 퍼졌고, 팽무군은 더 이상 팽가의 소가주 노릇을 할 수 없었다. 자칫 잘못하여 살인색마가 자신임이 발각되면 소가주 자리를 박탈당하고, 목숨을 내놓아야 할 판이었다.

그래서 그는 다시 현사의 도움을 받아 황실의 금의위에 들어왔고, 공권력을 이용해서 살인색마 짓을 오늘날까지 숨기며 지낼 수 있었다.

다시 말하지만 공짜는 아니었다.

현사의 도움을 받는 대가로 팽무군은 신마맹의 황호령주가 되었고, 황실과 금의위의 정보를 꾸준히 그에게 유출해야만 했다. 가문인 하북팽가뿐 아니라 주군인 황제마저 배신하는 비루한 삶을 영위할 수밖에 없었던 것이다.

내심 한숨을 내쉬며 침묵에 들어간 팽무군에게 단사령이 말했다.

"표정을 보니 오늘 밤 벌어진 일에 대해서 잘 모르고 있는 것 같군?"

"동창과 금의위 전체에 비상이 걸린 것 정도만 알고 있소. 설마! 오늘 벌어진 일의 배후에 칠황야나 맹이 관계되어 있는 것이오?"

"그렇게 놀랄 필요는 없네. 어차피 자네도 칠황야가 이끄는 반황제파와 본맹의 관계가 무척 돈독하다는 건 알고 있지 않은가?"

"그렇다 해도 황상께서 계시는 자금성에서 난을 일으키다니! 당신과 현사는 구족지멸(九族之滅)도 무섭지 않다는 것이오?"

"내가 꽤 오래전에 사패 녀석들의 합공으로 모든 걸 잃어버린 사람이라서 말이야. 뭐, 그런 건 지금 그리 중요한 게 아니고. 자네, 날 지금 당장 자금성에서 벗어나게 도와줬으면 하네."

"그건 그리 어렵지 않지만……"

"거기까지만!"

갑자기 목청을 높여서 팽무군의 말을 끊은 단사령이 눈빛을 차갑게 가라앉혔다.

"지금 가장 중요한 건 우리가 자금성을 벗어나는 걸세."

"…우리? 설마 내 존재도 노출된 것이오?"

"그렇다고 생각하고 움직여야 하지 않겠나? 금의위의 요직에 올라 있던 자네까지 오늘 밤 벌어진 난에 대해서 아는 바가 별로 없는 것 같으니까."

"……"

팽무군이 잠시 복잡한 표정을 지어 보이다 얼른 고개를 끄덕여 보였다. 단사령의 말이 옳다는 판단을 내린 것이다.


\*　　　　　\*　　　　　\*

명공은 빠른 걸음으로 전각 사이를 빠져나가고 있었다.

동창의 상선태감!

제독태감인 검치 노철령의 바로 아래 서열이자 오른팔이라 불리는 권력자!

그런 명공의 얼굴은 지금 새파랗게 질려 있었다.

'설마 검치, 그 늙은이가 가짜였을 줄이야! 그 늙은 여우가 직접 움직였다면, 이미 거사는 끝장난 것이나 다름없다! 얼른 이 사실을 현사 어르신께 알리고 북경을 빠져나가야만 해!'

명공이 검치 노철령에게 만성독약을 복용시키기 시작한 건 거의 십여 년 전이었다.

아주 미세한 양!

매사 치밀하고 완벽한 검치 노철령에게 들통나지 않기 위해서 정말 노력했다. 어떤 신의라 해도 알아챌 수 없을 만큼 조심스럽게 만성독약을 그의 몸속에 쌓아갔다.

그 십여 년간의 노력이 근래 결실을 맺었다.

우연히도 명공이 상선태감의 자리에 오른 것과 함께 검치 노철령은 만성독약의 영향으로 쇠약해졌고, 급기야 정사에서 직접 손을 떼기에 이르렀다. 그 정도로 심각하게 만성독약은 그의 노구를 좀먹어 들어간 것이다.

그랬는데…….

분명 그랬는데……

도대체 이게 어찌 된 일인가?

잘 익은 과실을 따먹는 기분으로 칠황야의 회천대업을 보조하던 명공은 지금 날벼락을 맞은 듯했다. 갑자기 황제 납치를 위해 치밀하게 준비하고 있던 어전비무대회의 생사결이 벌어지던 파양대전이 아수라장으로 변해 버렸기 때문이다.

동창과 금의위!

황제의 묵인하에 검치 노철령에게 장악되어 있던 창위의 비밀 고수들이 한꺼번에 동원되었다.

내일로 다가온 어전비무대회의 4강전을 구경하기 위해 모인 조정의 고관과 황족들이 구금되었고, 반항하는 자는 목이 잘렸다.

동창과 금의위에서 암약하던 신마맹과 칠황야 측 비밀 조직원들 역시 같은 운명을 맞이해야만 했다. 직속 상관의 소집 명령에 집결했다가 합공을 받거나 암습을 당해서 대부분 목숨을 잃어버린 것이다.

뒤늦게 이 사실을 안 명공은 얼른 검치 노철령이 있는 곳으로 달려갔다가 그가 가짜인 걸 눈치챘다. 놀랍게도 만성독약에 중독되었다고 생각했던 검치 노철령에게 멋지게 뒤통수를 얻어맞은 셈이었다.

'검치 늙은이기 도대체 어디서 무언 하고 있을지 두렵구나!

그 늙은 여우가 만성독약에 중독된 것처럼 세상을 속인 데는 분명 이유가 있을 터인즉…….'

생각하면 할수록 명공은 소름이 돋았다.

검치 노철령이 당장에라도 그를 붙잡으러 천신처럼 하늘에서 뚝 떨어져 내릴 것만 같았다.

그때 내심 두려움을 억누른 채 인적이 드문 자금성의 동화문(東華門) 쪽으로 걸음을 옮기던 명공의 안색이 시커멓게 변했다.

저벅! 저벅! 저벅!

그가 향하고 있던 동화문 쪽에서 익숙한 얼굴의 중년 환관이 걸어오고 있었다.

극히 평범해 보이는 외양!

하나 명공은 안다.

저 한 번 보고 절대 기억할 수 없을 것 같은 얼굴을 한 환관의 무시무시함을 말이다.

'…지밀대주 유청요! 저놈을 이런 곳에서 만났다는 건 결코 예사롭지 않은 일이다!'

명공은 소매 속에 숨긴 양손에 비수를 준비한 채 입가에 밝고 사교적인 미소를 매달았다.

"허허, 유 공공. 이 야반삼경에 자금성에 드시다니, 어찌 된 일인 것이오?"

"지밀대의 유청요가 상선을 뵈오이다."

유청요가 허리를 숙여 보이자 명공이 얼른 손사래를 쳤다.

"유 공공, 우리 사이에 어찌 이러는 것이오?"

"……."

"그보다 유 공공이 그렇게 예를 갖추니 이 명모가 덜컥 겁이 나는구려? 그래, 무슨 일이 벌어진 것이기에 이 밤중에 지밀대주가 자금성에 들어온 것이오?"

허리를 편 유청요가 다소 심각해진 표정으로 말했다.

"역모입니다."

"역모?"

"그렇습니다. 남경에서 칠황야가 황제를 참칭하며 난의 깃발을 올렸습니다."

'빌어먹을 주세민 녀석!'

명공이 내심 칠황야를 욕하며 얼른 안색을 굳혔다.

"그거 정말 큰일이 아니오? 내 곧바로 제독태감 어르신께 달려가서 이 위중한 일을 고하겠소이다!"

"그러실 필요는 없습니다. 이미 제독태감 어르신께서는 이 사실을 알고 계시니까요. 게다가 이미 황궁 내부에서 어르신의 명에 따라서 칠황야 일파에 대한 숙청이 이뤄지고 있습니다. 황송하게도 저와 금의위의 주목란 진무사가 전권을 위임받았지요."

'망할!'

명공이 다시 속으로 욕하며 유청요를 향해 어색하게 웃어 보였다. 그가 이와 같은 말을 하고 있는 속내를 이해할 수 없었기 때문이다.

유청요가 말했다.

"그래서 말인데, 명 공공께서는 어딜 그렇게 급히 가시던 중이신지요?"

"그게……."

명공이 의도적으로 말꼬리를 늘리더니, 곧바로 소매 속에 숨기고 있던 비수를 빼 들었다.

번뜩!

달빛이 비수를 비춘다.

그리고 순간적으로 움직인 유청요의 수장!

퍽!

명공의 손에서 비수가 날아갔다.

퍼퍽!

이어 회전을 보인 유청요의 수장이 주먹으로 변해 명공의 안면에 꽂혔다.

연속해서 두 번이나!

"쿠억!"

명공이 바닥을 나뒹굴었다. 동창의 요직에 오른 후 황궁무고를 드나들며 열심히 익혔던 천축국의 천룡무상신공이 단숨에 박살 났다. 삼십 년 넘게 익혔는데도 호신강기를 형성시킬 수 있는 단계까진 신공을 완성하지 못했기 때문이다.

털썩!

바닥에 대자로 뻗은 명공의 앞에 유청요가 살짝 쭈그려 앉았다.

"어째서 그동안 너 같은 소인배가 협잡질을 하는 게 들통나지 않았는지 이상했는데, 이제야 알겠구나! 설마 하는 마음이 문제였다! 네놈같이 무능하고 제 잇속만 차리는 놈이 감히 첩자 노릇을 하리라곤 예측할 수 없으셨던 거야! 항상 천하의 안위와 황실의 평안만을 노심초사하셨던 제독태감 어르신 같은 분에겐 말이지!"

"끄으, 유, 유청요 네놈이 감히……."

퍽!

고개를 치켜들고 뭐라고 떠들려는 명공의 머리통을 향해 유청요가 다시 주먹을 날렸다. 더는 그가 떠드는 헛소리를 들을 이유가 없었기 때문이다.

탁! 탁!

옷자락을 털고 자리에서 일어선 유청요가 대낮같이 환하게 불이 밝혀진 자금성을 바라봤다.

"그럼 자금성 쪽 일은 금의위의 주지병 대영반에게 맡기고 주 군주님이나 찾아가 봐야겠군. 지금쯤 철부지 같은 13황자가 북경으로 끌고 온 오군도독부의 대병에 크게 당황하셨을 테니까 말이야."

평생을 동창의 그림자로 살아온 인생!

드디어 웅비의 때가 되었다.

검치 노철령에게 차대 동창의 제독태감 자리를 언질받은 것이다.

그러나 유청요는 검치 노철령이라는 거인을 잘 알고 있었다.

그가 언제든지 자신이 한 말을 뒤엎을 수 있는 황실의 사람이라는 것을.

그리고 유청요는 노철령의 명령을 받고 칠황야 일파와 접촉했다가, 한동안 양자 간에 줄타기를 한 적이 있었다. 아마도 노철령은 그 일 역시 눈치채고 있을 것이다.

당연히 이제부턴 극도로 조심해야만 한다.

절대로 과거 줄타기를 하던 습성을 드러내선 안 된다.

무조건적으로 충성하고, 아부하고, 고개를 팍 숙인 채 은인자중해야 한다.

'물론 그 전에 제독태감 어르신으로서도 결코 쉽게 넘길 수 없는 대공 하나쯤은 세워놔야 할 테고 말이야!'

내심 냉철하게 눈을 빛낸 유청요가 손가락 하나를 까닥여 보였다.

슥! 스스슥!

그러자 거짓말처럼 그의 배후에 모습을 드러낸 그림자들!

지밀대 갑조 무사들의 등장이다.

"이놈을 끌고 가서 고문실에 가둬놔!"

"존명!"

갑조 무사 한 명이 얼른 혼절한 명공을 떠메고 어둠 속으로 신형을 날려갔다.

까닥!

고개를 한쪽으로 뉘어 보인 유청요가 슬며시 밤하늘을 올려다보고 자금성 안으로 걸음을 옮겼다.

나머지 갑조 무사들은 다시 그림자로 변해 그의 뒤를 쫓기 시작했다. 마치 방금까지 아무 일도 없었다는 듯이 말이다.


\*　　　　\*　　　　\*


슥!

이현 일행을 묵묵히 따르고 있던 운종이 갑자기 앞으로 신형을 날렸다.

"대주님!"

유청요가 운종을 눈으로 살피고 눈살을 기볍게 찌푸려 보였다.

"다쳤군."

"심각하진 않습니다."

"그렇군."

유청요가 한 차례 고개를 끄덕여 보이고 이현 일행 중 주목
란을 향해 다가갔다.

"주 군주님, 어딜 그리 급히 가십니까?"

"유 대주께서 몰라서 질문하시는 건 아닌 것 같고. 바로 본
론으로 들어가시죠!"

"허허, 과연 제독태감 어르신께서 인정한 여걸다우신 말씀!
그 정도의 숫자로 오군도독부의 수만 정병을 상대할 작정은
아니시겠지요?"

"수만이란 말은 과하군요. 13황자가 가짜 칙서로 장악한 건
오군도독부 중 네 군데뿐인 걸로 아는데요."

"예, 그렇게 대략 2만 정병이 현재 북경성을 향해 진격해 오
고 있습니다."

"그 같은 사실을 알면서도 유 대주는 자금성으로 달려오셨
군요. 정말 충신이십니다."

"그냥 자금성의 황제 폐하의 곁이 현재로선 가장 안전할 것
같아서 달려왔을 뿐입니다."

"……."

"농담입니다."

"다행이군요. 유 대주에게 아직 농담을 할 여유가 남아 있는 걸 보니 말이에요. 해결책에 대해서 말해보세요."

'아쉽구나! 아쉬워! 세상은 칠황야를 일컬어 황실지룡(皇室之龍)이라 부르지만 내가 보기엔 눈앞의 여인이야말로 당대 황실 제일의 인재인 것을! 만약 주 군주가 남자로 태어났다면 누구보다 먼저 달려가 견마지로(犬馬之勞)를 바쳤을 터인데……'

내심 한탄을 한 유청요가 주목란에게 천천히 고개를 끄덕여 보였다.

"주 군주께서 제대로 명찰(明察)하셨습니다. 소신은 다행히 이곳으로 오기 전에 오군도독부 중 한 곳의 병마를 확보할 수 있었습니다."

"곽거령 도독이 있는 북군도독부인가요?"

"예, 그렇습니다."

"그럼 현재 북군도독부의 병력은 얼마나 동원할 수 있나요?"

"대략 사천 명 정도 된다고 들었습니다."

"황실의 금의위와 동창, 어림군을 몽땅 합치면 오천 명쯤될 테니까 구천 대 이만의 싸움이 되겠군요."

"칠천이라고 생각하는 편이 옳지 않겠습니까?"

"오늘 밤 자금성을 평정하는 데 이천 명이나 사상자가 날 거라 생각하는 건가요?"

"제독태감 어르신께서 꾸민 일입니다. 어찌 그렇게 많은 사상자가 날 수 있겠습니까?"

"그러면… 아!"

나직이 탄성을 발한 주목란이 눈살을 가볍게 찌푸려 보였다.

"혹시 황제 폐하의 보호를 위해서 어림군 중 일부를 남겨 둬야 한다고 생각하시는 건가요?"

"북경성 내에 칠황야와 동조하는 자들이 반드시 고관대작과 황족들뿐만은 아니지 않겠습니까?"

"그렇다기보다는……."

주목란은 거침없이 얘기하다가 입을 다물었다. 북경성 내의 일반 백성들이 칠황야의 대병을 보고 반역도로 돌변할 수도 있다는 걸 말하고 싶지 않았기 때문이다.

'…황제 폐하가 백성들의 신망을 잃은 지 이미 오래되었다. 그동안 사부님께서 전력을 다하셨지만 민간에선 칠황야를 명 제국의 진정한 황제라 추앙하는 자들이 늘어나고 있을 정도니 말이야.'

내심 고개를 흔들어 보인 주목란이 말했다.

"그럼 유 대주께서는 칠천 병력으로 일단 북경성의 방비를

굳히도록 하세요!"

"설마 주 군주님께서는 본래의 계획을 수정하지 않으실 작정이십니까?"

"현 상황에선 어쩔 수 없지 않나요? 북경성을 전화에 휩싸이게 할 순 없으니까요."

"13황자에겐 칠황야가 붙여준 고수도 꽤 많습니다."

"알고 있어요."

"……."

잠시 주목란을 바라보던 유청요가 정중하게 공수한 후 운종에게 말했다.

"운종, 지밀대의 갑조 무사 전원을 자네에게 내주겠네."

"대주님, 그건……."

"더 말하지 말게나! 이번 싸움에 나 유청요는 모든 걸 걸기로 했으니 말일세! 그러니 운종 자네 역시 지밀대의 명운을 이 한판의 싸움에 걸어줘야만 하겠네!"

"…존명!"

운종이 유청요에게 복명했다.

어쩌다 보니 이현 일행과 함께하게 되었다. 중간에 빠져나갈 수 없었기에 울며 겨자 먹는 심정으로 따라다니고 있었다.

그러나 이제는 다르다.

평생의 주군인 유청요가 사신의 명운을 걸겠다고 했고, 운종 자신 또한 그래 달라고 말했다. 더 이상 마음속에 망설임 따위가 남아 있을 리 만무했다.

짝! 짝!

이현이 박수를 쳤다.

"그럼 정리 다 됐군. 시간이 촉박하니까 우리 곧바로 출발 하도록 합시다!"

'저자가 바로 이현이로군……'

유청요는 이현을 흥미롭다는 표정으로 바라봤다.


숭인학관의 학사 이현!


검치 노철령의 총애를 받는 주목란이 직접 서안에서 데려 온 눈앞의 학사는 들은 바대로 정말 젊었다. 딱 봐도 약관(스 무 살)을 넘어 보이지 않았다.

그러나 그는 예상과 달리 평범한 학사가 아니었다.

무인!

그것도 어전비무대회의 생사결에 오를 정도로 출중한 무위 를 지닌 자였다.

그리고 또 한 가지!

검치 노철령과 주목란 모두가 눈앞의 젊은 학사를 완벽하 게 믿고 있었다. 유청요 자신보다 더 말이다.

세상에 그런 자가 얼마나 될까?

'…마검협! 마검협이었구나!'

유청요는 내심 부르짖고서 다시 이현을 바라봤다. 그가 혹시 역용술 같은 거라도 펼쳤는지 확인하기 위함이었다.

그러다 그는 고개를 흔들었다.

정보 전문가의 편견!

그로 인해 이현이란 존재를 놓쳤다. 대국의 흐름에서 뒤쳐진 채 선택을 강요받게 되었다.

'나도 늙지 않았는가……'

검치 노철령은 은퇴를 말했다.

후사를 유청요에게 맡기겠다고 말했다.

그런데 오히려 은퇴를 생각해야 할 사람은 유청요 자신이었던 것 같다. 최소한 정보 전문가로서의 생명은 이제 끝났다고 생각해야 할 터였다.

내심 고개를 절레절레 흔들어 보인 유청요가 이현에게 말했다.

"이 대협! 주 군주님을 부탁드리겠소이다!"

'이 인간……'

유청요가 자신의 정체를 눈치챘음을 직감한 이현이 미미하게 고개를 끄덕여 보였다.

그걸로 끝!

유청요와 작별한 이현 일행은 자금성의 신무문을 빠져나갔다.

사삭!

사사사사삭!

그사이 달라붙은 수십 개의 그림자!

지밀대의 사신 운종이 이끄는 갑조 무사들이다.

스슥!

스스스스슥!

그리고 빠른 걸음으로 달려온 수십 명의 금의위 위사!

천위 양홍걸이 이끄는 금의위 최정예, 신창금위대였다.

그렇게 모인 백여 명!

그들 모두가 이현의 뒤를 따라서 신무문을 빠져나갔다. 불야성이나 다름없는 자금성을 뒤로하고 북경성의 북문을 향해 한 덩어리가 되어 어둠 속을 내달리기 시작했다.

＊          ＊          ＊

콰콰콰콰콰!

용이 거슬러 올라간다는 전설이 있는 용경협(龍莖峽)의 물결은 평소처럼 거세게 흘러가고 있었다.

만리장성과 북경성의 중간 부분을 굽이치며 흐르는 물결!

그 용을 닮은 협곡 주변에 난 좁은 대로를 통해 수천 명에 달하는 기마군이 빠르게 이동하고 있었다.

그들의 정체는 북경성 인근에 주둔한 오군도독부!

그중에서도 최강의 전력이라 할 수 있는 남군도독부의 기마병단이었다.

오늘 밤, 북경성을 다섯 방위로 포위하듯 에워싼 오군도독부 중 네 군데의 병력이 한꺼번에 움직였다. 황제의 칙서를 들고 찾아온 13황자 주덕룡을 총병관으로 삼아서 황성인 북경성에서 일어난 반란을 진압하기 위함이었다.

그중 총병관인 주덕룡이 직접 장악한 게 바로 남군도독부였고, 현재 기마병단의 중심에서 북경을 향해 진군하고 있었다. 기마병단의 특성상 그 움직임은 무척 빨랐고 기세 역시 하늘을 찌를 정도였다.

명마 설리총을 열심히 몰고 있던 주덕룡의 곁으로 열 명의 기마병들이 다가들었다.


십한사귀(十寒邪鬼)!


칠황야가 13황자에게 호위무사로 붙여준 한빙신마 단사령의 측근으로 과거 그가 이끌던 빙천마문의 고수들이다. 그들의 숫자는 본래 서른 명이 넘었으나 현재 생존해 있는 건 십한사귀 열 명이 전부였다.

십한사귀 중 일한사귀가 말했다.

"황자님, 말을 조금 천천히 모십시오!"

"왜 그래야 하느냐?"

"그게……."

잠시 말끝을 흐렸던 일한사귀가 심각해진 표정으로 목소리를 낮췄다.

"…자금성 쪽에서 문제가 발생한 것 같습니다."

"어떤 문제를 말하는 것이냐?"

"한 시진마다 소식을 전달해야 하는 전서구가 두 시진째 날아오지 않고 있습니다. 그건 자금성 쪽의 우리 연락선에 문제가 발생했다는 뜻이니, 북경성으로 진격하기 전에 잠시 회의를 해야 할 것 같습니다."

"회의를 하자?"

주덕룡이 일한사귀를 돌아보며 입가에 흐릿한 조소를 만들었다.

"오늘 밤 나는 오군도독부 중 4개 부를 장악했다. 북경에서 가장 멀리 떨어져 있는 북군도독부를 제외한 2만의 대병을 손에 넣은 것이다. 그러니 북경 일대는 이미 내 손에 들어온 것이나 다름없다고 봐야 한다. 그렇지 않느냐?"

"예, 그건 그렇습니다만 본래 계획대로라면 오늘 밤 중으로 자금성 쪽에서 우리 측 병력이 내응을 해야만 합니다. 그들이 황제를 손에 넣은 후 북경성의 문을 활짝 열어줘야만 하는 것인데 갑자기 소식이 끊겼으니……."

"그런 게 필요 없다는 것이다!"

단호하게 목소리를 높여 일한사귀의 말을 끊은 주덕룡이 야망으로 눈을 번득이며 말했다.

"이미 북경 일대의 최강 병력을 장악했는데, 자금성에서의 내응이 무슨 의미가 있겠느냐? 우리가 장악한 2만의 정병으로 단숨에 북경성을 함락해 버리면 그만인 것을!"

"하나 그러다 황제라도 나선다면 병력 장악에 문제가 발생하지 않겠습니까?"

"그럴 일은 없다! 폐하는 무슨 일이 있어도 절대 궁궐에서 나오지 않으실 테니 말이다!"

"예?"

"그렇게 볼 것 없다. 나는 누가 뭐라 해도 폐하의 아들이다. 그분의 성정을 모를 리 없지 않겠느냐? 내가 아는 그분은 설사 북경성이 함락된다 해도 결코 궁궐에서 나와 직접 정사를 수습하시지 않을 것이다. 아니, 그렇게 하고 싶어도 할 수 없다는 게 더 옳겠지. 평생을 늙은 환관에게 모든 정사를 일임하고 자신은 궁궐에서 환락이나 즐기며 살아왔으니까 말이야."

"……."

"게다가 솔직히 말해서 자금성 내부에서도 폐하의 용안을 자세히 아는 사람은 그리 많지 않다. 조정의 대신들조차 지난 몇 년간 폐하의 용안을 직접 본 자가 없었거든. 그러니 어찌 그런 폐하가 북경성에 쳐들어온 대병 앞에 스스로 나설 수 있겠느냐? 오로지 우리가 걱정해야 할 건 그동안 국정을 제멋대로 농단해 온 검치 노철령이 이끄는 동창과 그의 제자인 주목란 군주가 이끄는 금의위뿐일 것이다!"

일한사귀가 주덕룡의 설명에 연신 고개를 끄덕이다 '검치 노철령'과 '주목란'의 이름을 듣고 인상을 찌푸렸다. 주군인 한빙신마 단사령에게서 위의 두 사람은 특히 경계하란 명령을 받은 바 있었기 때문이다.

그런 일한사귀의 우려를 눈치챈 듯 주덕룡이 슬쩍 웃어 보였다.

"그러나 검치 노철령은 아주 오랫동안 독에 중독되어 기력이 쇠했고, 주목란 군주는 여자다! 하물며 그 두 사람의 곁에는 이미 우리 사람들이 가득하니, 오군도독부의 넷을 장악한 현재 별다른 힘을 발휘할 순 없을 것이다. 게다가!"

슬쩍 말끝을 올린 주덕룡이 일한사귀를 향해 눈을 빛냈다.

"북경성에는 너희들의 주군인 한빙신마 단사령이 있다. 그의 무위는 결코 쇠약해진 검치 노철령에 못하지 않으니 우리가 북경성에 닿을 때까진 분명 어떤 식으로든 내응을 해올 거라 생각한다. 물론 너희들의 생각은 좀 다를 수도 있겠지만."

'이런!'

일한사귀가 움찔한 표정이 되었다. 주덕룡이 은근슬쩍 한빙신마 단사령을 그가 믿지 못하는 것처럼 몰아갔기 때문이다.

그러자 주덕룡이 다시 웃어 보인다.

"하하, 설마 그런 일은 있을 수 없을 테지. 너희 십한사귀에게 있어서 한빙신마 단사령은 신이나 다름없을 테니까. 그러니 더 이상 의문을 표하지 말고 내가 부를 때까지 물러나 있거라!"

"예, 저하!"

일한사귀가 결국 승복의 말과 함께 뒤로 물러났다.

'흥! 비천한 무림의 잡배들 주제에 감히 내가 하는 일에 토를 달려 하다니!'

내심 냉소를 보인 주덕룡은 남경에서 북경으로 출발하기 전 칠황야와 가졌던 독대를 떠올렸다.

第四章

종남파 최강의 절학은
천하삼십육검이다!

내가 니 애비다!

충격적인 말.
머릿속을 빙글빙글 돌게 하던 한마디.
칠황야 주세민에게 들은 충격적인 고백을 떠올리며 주덕룡
은 복잡한 표정을 지어 보였다.
암군이라 불리는 현 황제!
평생을 주지육림(酒池肉林) 속에서 개인적인 쾌락만을 추구
해 온 그에게 주덕룡은 아무것도 아니었다. 그저 어느 날 한

때 그를 스쳐간 황실의 무수히 많은 후궁 중 한 명이 낳은 병약한 자식에 불과했다.

그러나 엄밀히 말해 이 같은 일은 주덕룡이 황제의 13번째 아들, 그러니까 그의 위로 12명이나 되는 형들이 있어서만은 아니었다.

황제의 아들 중 거의 전부가 각기 다른 모친을 가지고 있었고, 어느 누구도 특별한 총애를 얻지 못하고 있었다.

바른 말을 하는 자는 황제에 의해 멀리 밀려나고, 아부를 하는 자는 검치 노철령에게 축출당했다.

어떤 황자도 황태자의 자리에 오르지 못했고, 서로가 서로를 경계하며 하루하루를 보낼 따름이었다.

정사를 돌보지 않는 황제가 지나칠 정도로 건강하고, 검치 노철령이 북경의 모든 권력을 장악한 채 철권통치를 하고 있었기에 벌어진 일이다.

당연히 태어났을 때부터 병약했던 주덕룡은 하루하루를 그냥 연명할 뿐이었다.

황제의 아들?

그저 웃기는 소리였다.

오히려 평범한 민초의 아들로 태어난 것보다 못했다. 어떠한 희망이나 가능성도 그의 남은 인생엔 존재하지 않았기 때문이다.

그러던 어느 날!

주덕룡에게 찾아온 칠황야 주세민의 고백은 그의 인생 전체를 뒤흔들어 버렸다. 자신의 애를 잉태한 여인을 황제가 강제로 빼앗아가 자신의 후궁으로 삼았다는 말에 머릿속이 쭈뼛거렸다.

경악?

분노?

좌절?

그 모든 것을 뛰어넘는 두근거림이 존재했다. 모든 면에서 암군이라 불리는 현 황제보다 높게 평가되는 게 바로 칠황야 주세민이었다. 황실과 조정에서 은연중 반황제파의 우두머리로 그를 내세우는 데는 다 이유가 있는 법이었다.

그런데 그런 그가 생부라니!

거기에 주세민에게 아직 아들이 없다는 사실까지 더해지자 가슴이 폭발할 것 같았다. 황제의 아들이나 누구도 신경 쓰지 않았던 황실의 천덕꾸러기에서 새롭게 들어설 황제의 유일한 후계자가 될 수 있게 되었기 때문이다.

거짓말이면 어떻게 하냐고?

그딴 건 그리 중요치 않았다.

칠황야가 접근해 왔을 때 이미 그는 결정을 내리고 있었으니까.

'그러니까 이번 일은 중요하다! 단숨에 북경성을 장악하고 황제를 수중에 넣을 수 있는 기회니까 말이야! 지금 이 순간… 어느 누구도 나 주덕룡을 막지 못한다!'

주덕룡이 내심 소리 질렀다.

평생 단 한 번도 경험해 본 적이 없던 야망에 자신의 몸을 그냥 내맡긴 것이다.

한데, 바로 그때였다.

막 용경협과 나란히 나 있는 좁은 협로를 벗어나려던 기마병단의 최선두로 장창 하나가 날아들었다.

쉬아악!

대기를 찢어발기는 굉음!

"크악!"

"으아아악!"

기다렸다는 듯 비명이 뒤를 잇는다. 기마병단 최선두에 날아든 장창에 세 명의 기마병이 흡사 꼬치처럼 꿰어 말에서 추락한 것이다.

피잉!

피피피피피피피핑!

그리고 용경협을 병풍처럼 두르고 있는 산중에서 날아들기 시작한 수십 발의 화살!

"으악!"

"으아악!"

순식간에 기마병단 여기저기에서 처절한 비명성이 터져 나왔다. 갑작스럽게 당한 암습에 속절없이 수십 명이 목숨을 잃어버린 것이다.

그러나 현재 주덕룡이 이끌고 있는 기마병단은 오군도독부 최강이라 불리는 남군도독부의 최정예였다.

그들의 주 목적은 황제와 황족, 조정의 문무대신이 모여 사는 북경성의 철통 방위!

히히히힝!

히히히힝!

갑작스러운 기습에도 불구하고 남군도독부의 기마병단은 곧바로 혼란을 수습했다.

남군도독부의 두 도독의 명령하에 재빨리 전속력으로 달리던 기마의 속도를 줄이고는 곧바로 원진(圓陣)에 들어갔다. 산속에서 날아드는 화살과 기습에 대비해 원형의 진세 구축에 들어간 것이다.

당연히 십한사귀 역시 기민하게 움직였다.

그들은 재빨리 주덕룡의 보호에 들어갔다. 혼란과 충격에 빠져 거의 설리총에서 낙마할 뻔했던 그의 주변으로 말을 몰아서 철통같은 방어벽을 형성했다.

그리고 그와 동시었다.

스파파파팟!

방금 전 장창이 날아온 방향으로 한 명의 인영이 쏜살같이 날아들었다. 악영인이었다.

무형쌍호난!
오감차단신창격!
참마광륜격!
맹룡창격술!

장창과 일심동체가 된 악영인의 폭풍 같은 악가신창술에 원진을 막 완성한 상태이던 기마병단의 일각이 박살 났다. 그녀의 패도적인 악가신창술에 철통을 자랑하던 방어진에 커다란 구멍이 나고 말았다.

그것으로 끝이 아니었다.

화살이 날아들었던 용경협 주변의 산중에서 수십 명의 그림자들이 뛰어내렸다.

지밀대 사신 운종과 갑조 무사들!

언제나 어둠 속에서 활동하던 동창 최강의 살수들이 역시 커다란 방어진에 구멍을 만들었다. 기마병단 사이로 뛰어들어

매서운 살검을 마구 쏟아내기 시작한 것이다.

주덕룡이 안색이 창백해진 채 말했다.

"어, 어떻게 된 일이냐? 저놈들은 도대체 어디에서 튀어나온 놈들인 거야?"

일한사귀가 인상을 쓰며 대답했다.

"역시 북경에서 연락이 끊겼던 게 문제가 된 듯합니다. 하지만 그리 걱정하실 필요는 없습니다. 저들이 북경에서 온 자들이라면 그리 많은 숫자는 아닐 테니까요."

"그, 그래! 분명 그럴 것이다! 북경에 있는 병력을 모조리 긁어봤자 수천 명도 채 되지 않을 테니까!"

"그렇습니다. 그러니 우리는 일단 방어벽을 굳히고서 저놈들의 암습을 방어하는 데 힘쓰면 됩니다. 그러다 보면 자연스럽게 해결될 문제니까요."

"아, 알겠다! 그럼 어떻게 해야 하지?"

"그건……."

"헉!"

일한사귀의 말에 간신히 평온을 수습하던 주덕룡의 안색이 갑자기 새파랗게 질렸다. 그리고 벌어진 입!

'…무슨?'

일한사귀가 주덕룡의 대변한 안색을 보고 긴장을 느낀 것과 동시였다.

펙!

그의 바로 옆자리를 지키고 있던 오한사귀의 머리통이 수박처럼 박살 났다.

펙! 퍼펙!

이어서 삼한사귀와 육한사귀 역시 마찬가지다. 그들의 머리통과 상반신이 연달아 폭죽처럼 폭발했다.

그야말로 기괴하기 이를 데 없는 모습!

슥!

그때 당황한 일한사귀의 머리 위로 흐릿한 그림자 하나가 모습을 드러냈다.

이현!

그는 파양대전에서 회수해 온 왜검 세 개를 던져서 세 명의 한사귀를 죽이고 곧바로 공중으로 뛰어올랐다. 마지막으로 남은 왜검과 신검합일을 이룬 채 일한사귀를 일도양단해 간 것이다.

스파앗!

대천강검법의 검강이 일한사귀를 직격했다. 그가 탄 말과 함께 검강으로 단숨에 두 동강 내버리려 했다.

팟!

일한사귀가 말안장을 밟고서 신형을 뒤로 날렸다.

간발의 차!

쩌억!

그 찰나의 틈 사이로 떨어져 내린 이현의 검강이 말을 두 동강 냈다.

그럼 일한사귀는?

팍!

신형을 뒤로 날린 것과 동시에 팔한사귀가 탄 말 엉덩이를 걷어차고 방향을 바꾼 그가 주덕룡을 덮쳐갔다. 단숨에 주덕룡을 호위하던 십한사귀 중 세 명을 죽인 이현의 목표를 분명히 인지했기 때문이다.

"그렇게 내버려 둘 순 없지!"

이현의 왜검이 다시 검강을 형성한 채 일한사귀를 향해 쭈욱 뻗어갔다.

두 번의 실패는 용납할 수 없다.

이번에는 확실하게 일한사귀를 죽일 것이다.

쩌쩌쩡!

그러나 그때 주변의 다른 십한사귀들이 동시에 손을 썼다. 그들은 수장을 뻗어서 맹렬한 음한마공을 쏟아냈다. 일심동체로 힘을 합해서 일한사귀와 이현의 중간에 얼음의 장벽을 둘러냈다.

"너희 제법이다?"

이현이 자신의 검강을 중간에서 저지한 십한사귀들의 연수

합공에 칭찬의 말을 던졌다.

물론 빈말이다.

스윽!

순간적으로 대천강검법을 거둔 이현이 천하삼십육검을 펼쳐냈다.


천하도도!


대천강검법의 패도적인 검강 대신 쾌속의 조밀한 검기가 일어났다.

그냥이 아니다.

아주 조그맣고 날카롭게.

그리고 섬전을 능가하는 빠르기로 뻗어 나갔다.

서걱!

구한사귀의 얼굴이 절반으로 쪼개졌다. 그는 양손을 뻗어서 연수합공을 펼친 자세 그대로 절명했다.

슥!

이현이 그렇게 만들어진 공간 속으로 뛰어들었다. 그리고 다시 천하삼십육검을 펼친다.


천하성산!

쾌속의 신법으로 얼음의 장벽을 뛰어넘은 이현이 뒤도 돌아보지 않고 휘두른 일검에 십한사귀의 상반신이 뭉개졌다. 천하성산의 맹렬하고 무거운 검압(劍壓)에 그냥 몸의 절반가량이 붕괴되어 버린 것이다.

히히힝!

말 역시 마찬가지다. 거대한 압력에 눌려서 바닥에 아예 주저앉아 버렸다.

빙글!

그 후 이현이 신형을 회전하며 다시 왜검을 날렸다.

회전을 하는 와중에도 목표는 단 하나!

바로 주덕룡이었다.

그의 새파랗게 질린 얼굴을 향해 검기를 실타래와 같이 뻗어냈다.


천하비사(天下飛絲)!


막 주덕룡의 앞을 가로막아 서던 칠한사귀가 온몸이 거미줄처럼 갈라지며 피안개로 화했다.

하나 그때 칠한사귀의 피안개 속에서 불쑥 빙결된 수장 하나가 튀어나왔다.

파파파파팡!

그냥 평범한 음한 장력이 아니었다.

빙결된 수장은 순간적으로 수십 개가 넘는 얼음송곳으로 변해 이현을 공격했다.

따다다다다다당!

이현의 왜검이 사방으로 휘저어졌다.

검막?

그보다는 그냥 임기응변이었다. 자신을 향해 파고든 얼음송곳들을 하나하나 왜검으로 막아낸 것이다. 마치 화살을 튕겨내는 것처럼 말이다.

"이 괴물 같은 놈!"

일한사귀가 비명을 질렀다.

"형님, 뒤로 물러나십시오!"

이한사귀가 소리쳤다. 그가 말을 박차고 뛰어올라서 일한사귀의 머리 위에 모습을 드러냈다.

"이놈, 나도 있다!"

사한사귀 역시 나섰다. 그의 손가락이 회오리를 일으키며 이현의 옆구리를 노렸다.

"죽여 버릴 테다!"

오한사귀는 말에서 뛰어내려 바닥을 뒹굴며 고드름 모양의 얼음 칼날을 휘둘렀다. 이현의 하체를 공격해 들어온 것이다.

네 방향에서의 합공!

'한 명 더 남았던 거 같은데?'

이현은 찰나의 순간에도 머릿수 세기를 잊지 않았다.

난전!

적아(敵我)의 구분과 숫자 세기는 무척 중요하다. 자칫 뒤통수를 제대로 얻어맞을 수 있기 때문이다.

'착각이었군.'

이현은 빠르게 확장시킨 기감에 포착되는 게 없는 걸 확인하고 왜검을 사방으로 뻗어냈다.

천하도괴(天下道罫)!

왜검을 떠난 검기들이 흡사 반듯한 바둑판의 줄처럼 뻗어나갔다.

무한대로 확산하였다.

"크악!"

"으악!"

"으하악!"

이현 합공에 나섰던 이한사귀, 사한사귀, 오한사귀가 단말마의 비명과 함께 피구덩이 속에 무너져 내렸다. 이현이 막강한 공력을 바탕으로 펼친 살검(殺劍)에 몰살을 당해 버린 것이다.

"으아아아아아!"

일한사귀가 절규와 함께 이현을 향해 달려들었다.

피를 나눈 것보다 친한 형제들의 몰살에 눈이 뒤집혀 버리고만 것이다.

휘릭!

그때 이현이 바닥에 내려선 것과 동시에 왜검을 몸에 붙인 채 신형을 반회전했다.

서걱!

천하도도!

발검의 자세, 거기다 회전력을 더한 이현의 쾌속검에 일한 사귀의 목이 날아갔다.

털썩!

목을 잃어버린 일한사귀가 뒤로 무너져 내렸다. 뒤늦게 그의 잘린 목에서 꿀렁거리며 핏물이 뿜어져 나왔다. 그 정도로 이현의 천하도도의 속도가 빨랐다는 의미!

"으어! 으어어!"

주덕룡이 거의 혼백이 날아간 표정으로 신음을 흘렸다. 순식간에 호위였던 십한사귀 전원이 몰살당하자 머릿속이 아예 하얗게 질려 버린 듯하다.

후드득!

그때 왜검의 검조에 맺힌 핏방울을 바닥에 뿌려낸 이현이 가볍게 호흡을 가다듬었다.


천하삼십육검!


누가 뭐라 해도 종남파를 대표하는 검법이다.

그러나 세상에 알려진 드높은 명성과 달리 종남파의 검객 중 이 천하삼십육검을 실전에서 사용하는 자는 없었다. 지난 백여 년간 천하삼십육검을 온전하게 완성한 사람이 없었기 때문이다.

이현 역시 마찬가지다.

그가 현재 사용할 수 있는 천하삼십육검은 육 할이 채 되지 않았다. 몇몇 후반부의 검초는 아예 사용이 불가능하고, 전반부의 몇 초식 정도만 완성한 상황이었다.

어쩔 수 없다.

당대에 천하삼십육검을 완성한 자가 종남파에 없었기에 제대로 된 검의(劍意)의 전수를 받지 못했다. 제아무리 이현이 천하의 무골에 무공광이라 해도 전수받지 못한 걸 책자만 보고 익히는 데는 한계가 있을 수밖에 없었다.

당연히 이현이 지난 세월, 조사동에서 중점적으로 연마했던 건 다름 아닌 천하삼십육검의 검의였다. 다른 종남파의 무공으로는 절대 화산파의 자하구벽검을 능가할 수 없다는 판단을 내린 지 오래였기 때문이다.

'그런데 여전히 천하삼십육검은 버겁구만! 위력은 정말 종남파 최강이라 할 만한데, 단 몇 초식 만에 날 이렇게 탈진 상태로 만들어 버리다니 말이야!'

내심 인상을 써보이며 이현이 천천히 주덕룡이 탄 설리총을 향해 걸어갔다.

순식간에 십한사귀를 몰살시킨 그의 압도적인 무위!

일시적이나 주덕룡과 그를 둘러싼 기마병단 전체를 일종의 진공 상태로 만들어 버렸다. 주덕룡을 향해 걸어가는 이현을 누구도 가로막지 못하고 있었다.

아니다.

그건 착각이었다.

슉!

갑자기 기마병단 속에서 외팔이 병사 하나가 튀어나왔다.

파아아아앙!

활짝 펼친 그의 수장이 이현을 향해 음한의 장력을 쏟아낸다.

'역시 한 명 더 남아 있었던 건가?'

이현이 내심 헛바람을 들이켰다.

십한사귀를 몰살시키기 위해 무리하게 천하삼십육검을 사용한 직후라 아직 내공이 완벽하게 회복되지 않았다. 몇 차례 호흡, 적당한 걸음의 유지. 그렇게 주덕룡과의 간격을 좁히는 동안 회복을 꾀하고 있었는데, 그 틈을 외팔이 병사에게 찔려 버리고 만 것이다.

스으— 팟!

이현이 부운신공(浮雲神功)을 이용해 신형을 뒤로 물렸다. 앞으로 나아가던 발로 지축을 찍듯이 밟고서 몸을 마치 구름에 담듯이 밀어내었다.

당연히 이현은 그사이 다시 내력을 모았다.

고의로 허점을 드러낸 이유!

바로 느닷없이 나타나 기습을 가한 외팔이 무사를 꾀어내기 위함이었다.

재차 공격에 나선 그!

강력한 반격으로 묵사발을 낼 작정이었다. 그렇게 만전을 기하고 있었다.

그러나 그와 동시였다.

스스스슥!

순간적으로 이현의 의도와는 반대로 간격을 벌린 외팔이

무사가 주덕룡을 때려 기절시키고, 그를 한 손에 끼고 신형을 날렸다. 이현조차 놀랄 만한 절세의 신법을 발휘해 기마병단 속으로 파고들어 가 버린 것이다.

"야!"

이현이 버럭 소리 질렀다.

'고수 주제에 그런 짓을 해도 되는 거냐?'

이현은 속으로 외팔이 무사를 욕했다. 비록 갑작스러운 기습이었다곤 하나 자신을 뒤로 물러서게 한 초절정급의 고수의 선택이 도주란 것에 짜증이 치솟아 올랐다.

하지만 그것도 잠시뿐.

이현은 자신을 포위한 채 달려들기 시작한 기마병단을 둘러보며 인정할 수밖에 없었다. 외팔이 무사의 선택이 현재로선 최선이었음을 말이다.

'하지만 말이야! 네 선택으로 인해서 오늘 너무 많은 사람이 죽게 되었어! 그러니까 너는 반드시 내 손으로 죽여 버릴 거야! 그거 하나만은 확실히 해두자!'

이현이 수중의 왜검을 치켜 올리며 살기를 일으켰다.

움찔! 움찔!

그를 향해 달려들던 최선두의 기마병단의 움직임이 굳어버렸다.

그 정도였다.

순간적으로 이현이 일으킨 살기는.

스슥!

파아아아앗!

그리고 그가 펼친 건 대천강검법!

잠시 멈칫거렸던 기마병단의 최선두가 눈부신 검강에 양단되었다. 마치 하늘에서 떨어져 내린 거대한 도끼에 쪼개진 것처럼 말이다.

\* \* \*

뒤에서 울려 퍼지는 끔찍한 비명성! 후끈하게 밀려드는 살육의 광풍!

주덕룡을 들쳐업고서 연신 신형을 날리던 한빙신마 단사령은 내심 인상을 찡그려 보였다.

상상 이상의 강자들이 집결했던 생사결!

그 아비규환이나 다름없는 파양대전에서 한 팔을 잃고, 내상까지 당한 단사령은 그 후 상당히 힘든 시간을 보냈다.

내상을 억누른 채 북경성을 탈출한 후 며칠간 칠황야와 신마맹의 비선 조직을 찾아다녔다.

그들에게서 13황자 주덕룡과 파양대전에서 벌어진 반란에 관한 정부를 얻기 위함이었다.

결국 그는 예기치 못한 상황과 맞닥뜨려야만 했다.

칠황야의 반황제파와 황실에 침투한 신마맹 조직의 대붕괴!

이 모든 게 단 며칠 사이에 벌어졌다.

단사령으로선 아연실색하지 않을 수 없는 일이었다.

그나마 위안으로 삼을 점은 13황자 주덕룡이 중간에 북경성의 난을 눈치채고 오군도독부를 수중에 넣었다는 것이다. 아마 남경을 떠날 때 칠황야에게 받았던 조언대로 수행했던 것이리라.

그래서 그는 곧바로 주덕룡의 뒤를 쫓아서 오군도독부 군세의 행방을 탐문했다. 일단 주덕룡과 합류한 후 군세와 전황을 살펴봐야 할 필요성을 느꼈기 때문이다.

그런데 다시 단사령에게 예기치 못한 일이 발생했다.

곧바로 북경성으로 진격할 거라 생각했던 주덕룡이 이끄는 오군도독부의 군세는 며칠 동안 감쪽같이 사라졌다. 그 황금 같은 시간 동안 북경 일대에서 최강이라 할 수 있는 그 대군세는 거짓말처럼 어떤 짓도 벌이지 않았다.

왜?

단사령은 강렬한 의문을 속으로 삭인 채 주덕룡과 그의 군세를 찾아서 북경성 일대를 계속 탐색했다. 그리고 결국 주덕룡과 그와 호응한 오군도독부가 처한 말도 안 되는 상황을 알 수 있었다.

'13황자가 장악한 오군도독부는 네 곳. 그중 최강의 기마병단이 있는 남군도독부를 제외한 세 도독부는 북경성 인근에서 괴진(怪陣)에 발목이 잡혀서 남군도독부와의 합류가 늦춰지고 있다. 아마 굉장한 능력의 진법가나 술사가 황제파 측에서 활약을 하고 있는 게 분명할 것이다.'

파양대전에서 팔문금쇄진의 조화를 경험한 단사령이기에 납득할 수 있는 일이었다. 팔문금쇄진 정도 되는 절진이라면 충분히 몇만 명의 대병이라도 한동안 혼란을 야기할 수 있다는 생각이 들었다.

그래서 단사령은 남군도독부로 목표를 좁혔다.

기마병단이 중심인 그곳이야말로 주덕룡에겐 최선의 선택이리란 판단이었다.

'그런데 그런 생각을 한 건 나뿐만은 아니었군. 황제파 측에서도 최강의 고수를 이쪽으로 보냈으니 말이야.'


이현과 악영인!


한 명은 두 차례에 걸쳐 싸워봤고, 다른 한 명은 그냥 바로 일아볼 수 있었다. 절대 함부로 싸움을 걸어선 안 되는 존제라는 걸 말이다.

특히 지금처럼 중상을 당한 상태에선 더욱 그렇다.

악영인은 둘째 치고 현재의 이현은 몸이 정상인 상태일지라도 굳이 싸우고 싶지 않았다.

겁이 나서?

그렇다기보다는 불온한 느낌 때문이다.

마기(魔氣)에 가까운 살기!

이현에게선 분명 그런 기운이 흘러넘치고 있었다. 마치 상승 마공이 극에 달하기 직전, 마성이 폭발을 앞둔 것과 같은 기운이 말이다.

단사령 역시 과거 그 같은 상태를 경험한 바 있었다.


한빙천지괴멸공 완성 직전!


오랫동안 공을 들여왔던 그 절세의 마공이 10성 대성을 앞뒀을 때 단사령은 자신감이 흘러넘쳤다. 천하의 어떤 것도 두렵지 않았다. 천지를 뒤집어 놓을 만한 힘이 자신에게 생겼다고 여겼다.

그 결과 그는 화산파로 찾아가는 우(愚)를 범하게 되었다.

천하제일인 운검진인을 이길 수 있다는 자신감의 발로였다.

그리고 처참하게 추락했다.

천하무적이라 생각했던 한빙천지괴멸공은 운검진인의 일검에 박살 났고, 빙천마문은 사패의 합공에 멸문을 당했다. 마공의 완성을 앞두고 찾아온 심마에 모든 것을 잃어버리고 만 것이다.

그런데 그때와 비슷한 느낌을 단사령은 이번에 이현에게서 받았다.

상승 마공을 뛰어넘는 극심한 살기!

그 수천 명의 피를 제물로 요구하는 듯한 기운에 불길함을 느꼈기에 이현과의 싸움이 꺼려졌다. 현재 그의 살기는 과거 운검진인을 찾아갔던 단사령보다 강하면 강했지 결코 떨어지지 않다고 여겼기 때문이다.

'그러니 이젠 어떻게 해야 할까? 북경의 상황이 이만큼 심각하게 뒤집혔다는 건 남경에서 난의 깃발을 든 칠황야의 상황이 향후 녹록지 않게 된다는 뜻일 터인데… 응?'

빠르게 용경협 근처의 산속을 내달리며 생각을 정리하던 단사령의 눈매가 살짝 가늘어졌다.

그가 내달리고 있던 산의 중턱!

어느새 사람의 그림자 하나가 어른거리고 있다.

조준!

그가 교교한 달빛 아래 양손을 내려뜨리고 있었다. 흡사 단사령이 이곳으로 달려올 건 미리 알고서 기다렸던 것 같은 모양새랄까?

'쉽지 않겠군!'

단사령이 눈을 빛내며 주덕룡을 바닥에 내동댕이쳤다. 어찌나 세게 던졌는지 미리 혼절시켜 놓은 상태라곤 하나 후일 상당한 후유증이 남고 말리라.

그러나 단사령은 개의치 않았다.

눈앞에 홀연히 나타난 조준!

그가 강적이라 내심 인정한 상대와의 결전이 바로 코앞이었다. 외팔이에 내상까지 당한 상태에서 주덕룡에게 일어난 추후의 후유증까지 신경 쓸 여유는 없었다.

'최초의 일격으로 죽여야 한다!'

내심 염두를 굴린 단사령이 전력을 다해 한빙천지괴멸공을 일으켰다.

수강!

한빙천지괴멸공이 강기의 형태로 체화된 그의 독수(獨手)가 기쾌하게 조준을 노리며 파고들었다.

파아앗!

'허상(虛像)?'

독수가 허공을 가로지른 순간 단사령은 얼굴을 와락 일그러뜨렸다.

회심의 일격이 허사가 되었다.

이제 조준에게 강력한 반격을 당한다면 어찌 감당할 수 있겠는가.

'응?'

다행이랄까?

그런 일은 벌어지지 않았다.

슥!

대신 독수로 허공을 가로지른 단사령의 배후에 조준이 모습을 드러냈다.

"한빙신마 단사령!"

'큭!'

단사령이 재빨리 신형을 돌려 세웠다. 그리고 그가 다시 한빙천지괴멸공을 전개하려 할 때였다.

"나는 천멸사신이다."

움찔!

단사령이 가볍게 몸을 떨며 조준을 향해 찔러 들어가던 독수를 멈췄다.

슥!

그리고 뒤로 천천히 물러선 단사령이 조준을 물끄러미 바라봤다.

"그대가 진짜 천멸사신이라면 내 신분도 알 것 같소만?"

"신마맹의 한전령주. 임무는 황실에 침투하여 반황제파의 중심인 칠황야를 감시하는 것."

"정확하오."

담담한 대답과 함께 단사령이 침착한 표정으로 고개를 미미하게 끄덕여 보였다.

신마맹 십팔령주!

그들은 하나같이 신마맹주가 직간접적으로 영입한 인물들로 무림과 정관계뿐 아니라 상계에서 두루 활동하고 있었다. 철저한 점조직으로 운영되는 신마맹에서 매우 독특한 위치를 차지하고 있는 인물들이라 할 수 있었다.

그중 신마맹주가 가장 중점을 둔 건 다름 아닌 황실!

몇 명이나 되는 령주들이 다양한 위치에서 활약하고 있었는데 주목적은 일종의 감시와 통제였다. 황실을 혼란스럽게 만들어서 무림으로부터 관심이 멀어지게 하기 위해 꽤나 오랫동안 철저하게 작업을 해왔다.

당연히 당금 황실의 야심가이자 실력자인 칠황야 역시 신마맹의 주요 감찰 대상이었다. 무능한 현재의 황실을 강력하게 지탱하고 있는 검치 노철령만큼이나 많은 위험 요소를 칠황야가 가지고 있다는 판단이었다.

조준이 말했다.

"한천령주, 현사가 딴마음을 품은 걸 알고 있었나?"

"현사라……."

말끝을 흐려 보인 단사령이 천천히 고개를 저어 보였다.

"…그자는 동창과 금의위 쪽의 통제에 더 관심이 있었소. 어쩌면 칠황야와는 어느 정도 교감을 하고 있을지도 모르겠으나 내게 접근한 적은 없었소."

"그럼 칠황야에 대해서 어떻게 생각하나?"

"야심가. 그리고 그 야심만큼 괜찮은 실력을 겸비한 자요. 아마 현 명조의 황실에서는 최고의 실력자라 생각하면 될 것이오."

"후한 평가로군."

"곁에서 오랫동안 지켜봐 왔으니까."

"그럼 확실해졌군."

"뭐가 확실해졌다는 것이오?"

"현사가 북경에서 날 죽이려 했던 진짜 이유! 그리고 칠황야가 자신의 호위무사인 한천령주를 북경으로 보낸 진짜 이유!"

"……."

가볍게 인상을 써 보이고 있는 단사령에게 조준이 담담하게 말했다.

"현사와 칠황야는 은밀히 손을 잡고 반란을 일으키려 했다. 중원을 피로 물들이며 황실을 뒤엎고, 무림 역시 그렇게 만들려 한 것이다."

"그렇다는 건 이번 반란이 신마맹주의 뜻이 아니었다는 것이오?"

"그렇다. 신마맹은 중원의 혼란을 원하긴 하나 현재의 황제가 축출되는 건 바라지 않으니까."

'암군이라 불리는 현재의 황제가 계속 자리를 유지하는 게 신마맹주에겐 더 좋다는 뜻인가?'

내심 눈을 빛낸 단사령이 말했다.

"그러나 현 황제에겐 검치 노철령이 있소. 그가 전권을 휘두르는 상황에서 중원이 혼란에 빠지는 건 어렵지 않겠소?"

"검치 노철령의 수명은 그리 오래 남지 않았다."

"하나 그렇다기엔 이번에 북경에서 반황제파가 철저하게 뿌리 뽑힌 게……"

"그래서 확실해졌다. 검치 노철령이 죽기 전에 우환거리를 모조리 제거하려 했다는 게 말이다."

"……"

"한천령주에게 묻겠다. 칠황야를 버릴 수 있는가?"

"내게 선택권이 있는 것이오?"

"없다!"

'생사가 이번 한마디에 달린 것인가?'

내심 쓰게 웃은 단사령이 어깨를 가볍게 으쓱해 보였다.

"나는 본래 무림인. 황실의 일에 관여하고 싶지 않소."

"좋은 판단이다."

"하면 나는 이제 어찌하면 되겠소?"

"신마맹으로 돌아가서 맹주님의 명을 받들도록!"

담담한 한마디를 남긴 채 조준이 신형을 날려 바닥에 널브러져 있는 주덕룡을 어깨에 짊어졌다.


13황자 주덕룡의 포획!


어쩌면 이번 반란 최고의 공적이리라.

칠황야의 밀명을 받고 위조된 황제의 칙서로 오군도독부 중 4개 부의 총병관이 된 주덕룡이었으니 말이다.


             *             *             *


툭!

바닥에 떨어진 머리통을 눈으로 살피던 주목란의 동공이 가볍게 흔들렸다.

'칠황야!'

그렇다.

갑자기 그녀의 앞에 떨어져 내린 머리통의 주인은 다름 아닌 이번 반란의 수괴 격인 반황제파의 중심 칠황야 주세민이었다. 남경에서 십수 일 전 반란을 선포했다고 알려진 그가 죽어서 지금 머리통만으로 북경에 돌아온 것이다.

주목란이 시선을 들어 그녀의 앞에 뒷짐을 지고 서 있는 검치 노철령을 바라봤다.

"사부님… 그동안 모두를 속이셨던 건가요?"

"피치 못할 일이었네."

"그러면 만성독약에 중독되셨다는 얘기도 거짓이셨던 건가요?"

"허허허……."

노철령은 허허롭게 웃어 보일 뿐 답을 주지 않았다.

이곳은 북경성의 바로 앞.

대규모의 기문 진세에 빠져서 허우적거리고 있는 오군도독부의 1만 5천 정병은 여전히 건재한 상황이었다. 그동안 그들의 진격을 가로막고 있던 기문 진세를 거의 파훼한 상태로 말이다.

'하아! 그렇다는 건 역시 만성독약에 중독되신 건 사실이란 뜻이겠지?'

第五章

형님! 이번에는 시녀입니까!

주목란은 내심 안타까운 한숨을 내쉬었다.

검치 노철령!

그녀에겐 사적으로 사부이자 친조부 같은 사람이고, 황실로 치면 거대한 기둥이자 주춧돌이라 할 수 있었다. 그가 있었기에 몇 대에 걸쳐 혼군과 암군을 경험해야 했던 중원과 명제국은 여전히 건국 초기의 안정을 유지할 수 있었던 게 사실이다. 그만큼 큰 사람이었다.

그런데 그런 그의 명운이 이젠 얼마 남지 않았다니!

잠시 노철령의 늙고 쇠약해진 모습을 살피던 주목란이 어느새 기문 진세 돌파를 목전에 둔 오군도독부의 정병 쪽을 바라보곤 말했다.

"사부님, 우리는 고작 3천 명뿐입니다. 저들을 막을 방도가 있으신지요?"

"전혀."

"예?"

"나는 조금 전에야 북경에 돌아왔다네. 이런 일이 벌어질 줄 어찌 알았겠는가? 하나 그리 걱정할 건 없네. 곧 이현, 그 아이가 돌아올 터이니까."

"그럼 이 대가가 돌아올 때까지 제가 군사들을 이끌고 방어진을 펼친 채 저들을 막고 있겠습니다!"

"그럴 필요는 없을 것 같구만. 이현, 그 아이가 생각보다 빨리 돌아온 것 같으니 말이야."

노철령의 손가락이 가리킨 방향을 따라 시선을 돌리던 주목란의 얼굴이 환하게 변했다.

저 멀리, 1만 5천 정병의 배후로 어느새 뽀얀 흙먼지가 광풍처럼 몰려오고 있었다.

평범한 사람이라면 단지 그것뿐일 터!

그러나 주목란같이 초인적인 안력을 지닌 사람에겐 그 광풍의 원인이 또렷하게 확인되었다.

광풍의 중심에 속한 수천 기의 기마병단!

한눈에 알 수 있었다. 그들이 바로 이현, 악영인, 조준이 함께 공략하러 떠났던 오군도독부 최강, 남군도독부의 기마병단임을 말이다.

'결국 이 대가가 해냈구나! 칠황야가 일으킨 반란의 끝은 사부님이 아니라 이 대가의 몫이었던 거야!'

살짝 사심이 섞인 평가다.

하지만 뭐 어떠랴?

이현으로 인해서 오늘 벌어질 뻔한 아군끼리의 참혹한 싸움이 평화적으로 해결되게 되었으니 말이다.


*              *              *


검치 노철령의 예상은 그대로 적중했다.

이현이 이끌고 온 남군도독부의 기마병단은 단숨에 1만 5천 명의 삼군도독부 연합군을 격파했다. 그들의 중심부를 기마병단 특유의 속도전으로 종단(縱斷)한 후 단숨에 반포위에 성공한 것이다.

당연히 그 다음은 양분된 후 반포위당한 삼군도독부의 정병들을 각개격파하면 된다. 기마병단에게 뒤를 찔려서 종단되었을 때부터 삼군도독부 정병들에겐 어떠한 선택권도 남지 않았다고 할 수 있을 터였다.

하나 그때 검치 노철령과 주목란이 전장에 뛰어들었고, 곧 아군끼리의 전투는 종결되었다. 삼군도독부를 이끌던 고위 장수들의 대부분이 노철령이 가져온 칠황야의 수급을 보았고, 이현에게 생포된 13황자 주덕룡의 존재를 인지했기 때문이다.

그로써 상황 종결!

황족이자 금의위 진무사인 주목란은 새로운 총병관이 되어 삼군도독부와 남군도독부를 단숨에 장악했다. 어떤 자들도 감히 그녀의 지휘에 항명치 못했다.


털썩!

이현이 주덕룡을 바닥에 아무렇게나 내동댕이치고 검치 노철령에게 빠른 걸음으로 다가갔다.

노철령이 만면에 환한 미소를 만들며 그를 맞이했다.

"허허, 수고했으이! 수고했어!"

이현은 표정은 퉁명스러움, 그 자체였다.

"생각보다 건강해 보이십니다?"

"아직 노부의 뼈다귀가 쓸 만은 하다네."

"어떻게 된 일인지 설명해 주시지요?"

"무얼 말인가?"

"노사차관에서 제게 했던 말이요!"

이현이 슬쩍 목소리를 높이자 노철령이 주변을 살짝 둘러보고 우려 섞인 표정을 지어 보였다.

"자네, 살기가 지나치게 넘치고 있지 않은가? 잠시 신공을 운기해서 마음을 안정시키게나."

"지금 그런 게 중요한 게……."

이현이 울컥한 표정으로 성질을 내려다 미간을 찌푸려 보였다.

노철령이 했던 얘기!

갑자기 머릿속의 한 부근을 탁하고 때린다.

'…제기랄! 검치 노야의 말이 옳다! 어째서 싸움이 끝났는데도 나는 이렇게 흥분해 있는 걸까?'


마검협!


출종남천하마검행 당시 이현의 정파인답지 않은 행태로 인해 붙은 무명이다.

그러나 이현의 마검에는 '협'이 전제되어 있었다.

어떠한 경우라도 의협에 위배되는 짓은 하지 않았다. 그로인해 자신이 곤란한 상황에 처하게 될지라도 말이다.

그래서 마검협이었다.

마검을 휘두르는 협객!

그렇게 천하무림은 이현이란 사람을 정의했고, 이현 역시 마찬가지의 길을 걸어왔다.

그런데 지금은 어떤가?

아니다.

그 전에 남군도독부의 기마병단을 급습할 때부터 좀 이상했다.

이현은 평소처럼 종남지검을 휘둘렀으나 완성하지 못한 천하삼십육검을 펼치다 이성을 잃어버렸다.

주덕룡을 호위하던 십한사귀를 몰살시킨 후 한동안 거의 반쯤 광분했다. 한빙신마 단사령에게 주덕룡을 탈취당한 것에 견딜 수 없을 만큼 화가 났던 것이다.

'그때 무산이 녀석이 달려와서 말리지 않았다면. 그리고 조준 녀석이 13황자를 붙잡아오지 않았다면… 내가 죄 없는 병사들에게 어떤 짓을 저질렀을지 모르겠다!'

솔직한 심경이다.

정확한 반추(反芻)였다.

그렇게 이현이 침묵 속에 자신을 침잠시키자 노철령이 미미하게 고개를 끄덕여 보였다.

"역시 풍현의 눈은 틀리지 않았도다!"

"그건 무슨 말씀이십니까?"

"과거 네 사부와 한 가지 내기를 한 적이 있었다. 아직 완전히 여물지 않은 어린 기재의 미래를 예측하는 것이었지."

"그래서요?"

"나는 회의적이었다. 어린 녀석의 기재가 놀랍긴 하나 성정이 지나치게 거칠어서 최고의 경지에 오르기 힘들다고 생각했거든."

"사부님은 달리 생각하셨군요?"

"그래, 네 사부 풍현은 이렇게 말했다. 내 막내 제자 녀석의 성질이 비록 거칠어 보이긴 하나 의외로 냉철한 판단력과 뜨거운 가슴을 지니고 있다고. 가슴속에 한 가닥 '협'을 지니고 있으니 종남파의 무공을 전심전력으로 연마한다면 반드시 다가올 풍파도 이겨낼 수 있을 거라 믿는다고 말이야."

"……."

이현은 잠시 침묵했다.

사부 풍현진인이 자신에 대해서 지나치게 높게 평가를 하고 있었다는 생각이 들었다. 실제로 그는 출종남천하마검행 당시부터 지금까지 꽤나 많은 사고를 쳤고, 얼마 전에는 심마에 빠져서 무고한 사람들에게 살겁까지 펼치려 했다. 만약 중간에 악영인과 조준의 도움을 받지 않았다면 정말 끝까지 갔을지도 모를 일이었다.

'정말 나는 심마에 빠신 건지도 모르겠구나!'

이현의 침묵이 길어지자 노철령이 빙긋이 웃어 보였다.

"허허, 그렇게 고민할 필요는 없네. 자네에게 온 심마는 내가 생각했던 것과는 다르니까 말일세."

"뭐가 다르단 겁니까?"

"무학 최고의 경지!"

"무학 최고의 경지?"

"그래, 자네에게 찾아온 심마를 나는 무학 최고의 경지에 도달하기 전에 맞이한 산통이라 생각하네. 다른 범속한 자들에게 깃든 심마 따위와는 차원이 다르다고 할 수 있지."

"정말 그렇게 생각하십니까?"

"아니."

"예?"

이현이 황당한 표정으로 바라보자 노철령이 천연덕스레 말했다.

"그걸 내가 어찌 알겠나? 무학 최고의 경지 따윈 내 평생에 근접해 본 적도 없거늘."

"이……."

"하나, 그 경지에 오른 사람은 알고 있지."

"…누군데요?"

"누구겠나?"

자신의 질문에 답을 주기는커녕 오히려 의뭉스럽게 되묻는 노철령을 이현이 살짝 쏘아봤다.

하지만 곧 그는 눈에서 힘을 풀었다. 노철령이 말한 무학 최고의 경지에 오른 사람이 누군지는 금세 알 수 있었기 때문이다.


천하제일인 운검진인!


길게 생각할 것도 없었다.

이현에겐 평생의 목표이자 숙적이 바로 그였으니까.

'쳇! 골치 아프게 됐군. 검치 노야에게 대놓고 현재 내가 운검진인만 못하다는 인증을 받은 셈이니 말이야.'

생각해 보면 항상 자신은 없었다.

출종남천하마검행을 통해 얻은 심득과 실전 경험!

조사동에서 끊임없이 행했던 심상수련에 의한 가상 대련!

언제나 부족했다.

운검진인에 대한 확신을 갖기엔 턱없이 모자랐다.

그런데 그런 고민이 부친을 만난 후 사라졌다.

오랫동안 미워했고, 원망했고, 어려워했던 부친의 약해진 모습. 과거로 돌아간 모습에 마음이 흔들렸다. 굳건하던 철혈의 검이 무뎌져 버린 것이다.

그 결과가 바로 지금과 같은 변화였다.

내력의 급작스러운 증가!

반로환동에 가까운 용모의 변화!

더불어 이현은 무한에 가까운 자신감을 느꼈다.

고양된 감정으로 온몸이 가득 채워졌다.

평생 동안 단 한 번도 경험해 본 적이 없던 완전무결함!

일종의 환락경을 느끼게 되었다.

그로 인해 이현은 처음으로 운검진인과의 승부에 대한 불안감을 떨쳐냈다. 그를 이길 수 있다는 근거 없는 자신감에 말 그대로 들떠 버린 것이다.

'심마 맞네! 맞아!'

이현이 내심 고개를 가로저었다. 생각하면 할수록 자신이 한심해졌다.

그때 노철령이 갑자기 다가와 이현의 어깨를 가볍게 두드렸다.

툭! 툭! 툭!

연달아 어깨로 떨어져 내린 노철령의 손바닥에는 별다른 힘이 실려 있지 않았다. 내력 따윈 한 푼도 없었다.

그런데 무겁다!

천 근? 이천 근? 삼천 근?

이현에겐 족히 만 근이 넘는 무게로 받아들여졌다. 그렇게 무거운 손바닥에 어깨를 연달아 내줬다. 아무런 반항도 하지 못한 채 말이다.

슥!

완전히 그런 건 아니었나 보다.

순간 어깨를 가볍게 비튼 이현이 노철령의 손바닥에서 벗어났다. 그 속에 담긴 만근의 거력으로부터 자신의 몸을 빼내 버린 것이다.

저벅!

그리고 한 걸음을 내딛자 곧바로 노철령의 품 안이다. 그와의 간격을 극단적으로 좁혀 버렸다. 마치 어미새를 찾아가는 아기새와 같이.

스르르르륵!

노철령이 뒤로 물러났다.

조금이 아니다.

아주 많이 물러났다. 마치 이현에게서 도망이라도 치려는 것처럼 말이다.

"지금 비겁하게 도망치신 겁니까?"

"인정하네."

"그럼 방금 전에 제게 수작을 부리려다 딱 걸린 것도 인정하시는 거지요?"

"수작이라니!"

살짝 언성을 높인 노철령이 계면쩍은 표정으로 이현의 말을 정정했다.

"수작이 아니라 엿보기였을 뿐이네."

"뭘 엿보려고 했는데요?"

"자네의 그릇!"

"크던가요?"

"지나치게 크더군. 애석하지만 포기해야겠어."

"뭘요?"

"그런 게 있네."

"그런 게 뭔데요?"

"뭐가 그렇게 궁금한 건가? 어차피 내 것이 될 마음도 없으면서!"

퉁명스럽게 목소리를 높인 노철령이 시선을 돌려 오군도독부의 정병들을 사열하고 있는 주목란을 바라봤다. 그의 노안에 문득 어두운 그림자가 스쳐갔다.

'목란아! 애석하게도 이 사부의 명운이 얼마 남지 않아서 네 염원은 풀어줄 수 없겠구나! 어떻게든 네게 무거운 짐을 몽땅 지우고 싶진 않았건만⋯⋯.'

찌릿!

다시 이현을 향한 노철령의 눈매가 살짝 매서워지고 있었다.

＊　　　　＊　　　　＊

창문 밖으로 보이는 거대한 산 그림자.

장쾌하게 펼쳐져 있는 설산이 굽이치고 있다.

단지 그림자에 불과하나 그 웅장함에 숨이 막힐 듯하다.

그야말로 하늘과 신들의 대지, 그 자체!

이곳은 중원에서도 거의 찾아보기 힘든 천험지세의 한가운데 존재하는 신마맹의 총단이었다.

그런 풍광을 묵묵히 바라보고 있던 백발백염의 노인 신마맹주가 입을 열었다.

"황천 쪽에서 난이 일어났다고?"

누구에게 말하는 것일까? 이 방 안에는 단지 신마맹주 혼자뿐이었는데?

그 같은 의문은 곧 풀렸다.

신마맹주 홀로 존재하는 것 같던 텅 빈 공간 속에서 음울한 목소리가 흘러나왔다.

"남경에서 칠황야 주세민이 황제를 자처하고 난을 일으켰으나 그리 오래 살아남지 못했습니다."

"안타깝게 되었군. 주세민이란 아이는 주씨 황가 중에선 그나마 똑똑한 녀석이었는데……."

"주제 파악을 못한 자의 말로는 그와 같을 수밖에 없지 않겠습니까?"

"…주제 파악을 못했다?"

"칠황야가 일으킨 난의 배후에는 이번에도 현사가 있었습니다. 그가 자신보다 뛰어난 인물을 난의 주체로 밀 만한 자가 아니지 않겠습니까?"

"그건 그렇군."

천천히 고개를 끄덕여 보인 신마맹주가 담담하게 말하고 눈살을 가볍게 찌푸려 보였다.

"그러고 보니 북경에는 천멸사신 그 아이가 가 있지 않던가?"

"예, 그렇습니다."

"고얀 놈! 명왕종에 들어가서 그곳의 절학을 훔쳐 배우라 했더니, 버르장머리만 없어지지 않았는가?"

"지금이라도 맹으로 불러들일까요?"

"제 놈이 뜻한 바가 있어서 내 말을 거역한 것일 테지. 이번에 맹에 들어오면 다시는 중원을 싸돌아다니지 못하게 될 테니, 잠시나마 자유를 즐기게 내버려 둬."

"문제가 있습니다."

"문제?"

"예, 천멸사신이 이번 현사가 모의했던 황천지난에서 꽤나 크게 간여한 듯합니다."

"설마 검치의 편에 섰다는 것인가?"

"그런 것 같습니다."

"푸허허허허!"

신마맹주가 파안대소를 터뜨렸다.

그러나 그것도 잠시뿐.

곧 웃음을 멈춘 신마맹주가 고개를 미미하게 흔들어 보였다.

"정말 못 말리는 녀석이지 않더냐? 현사의 평생 숙원이 검치를 무너뜨리고 황천의 대권을 쥐는 것이었거늘……."

"그건 본맹의 숙원이기도 했습니다."

"…그건 아니다!"

단호하게 목소리를 높인 신마맹주의 물빛 눈동자에 오연한 신광이 흘러나왔다.

"본맹의 숙원은 황천을 장악하는 게 아니라 혼란시키는 것이다! 그래야 진정한 대업을 이룰 수 있으니 말이야!"

"물론 그렇습니다만, 황천을 수중에 넣는다면 훨씬 본맹의 대업을 쉽게 이룰 수 있지 않겠습니까?"

"아니, 그건 그렇지 않아. 중원 무림의 힘은 생각 이상으로 강력하거든. 황조 한, 두 개를 수중에 넣는 정도로는 어쩔 수 없을 만큼 말이야. 그래서 현사는 지금 어찌하고 있는가?"

"현재 추적 중입니다."

"황천지난을 일으키기 전에 총단을 벗어난 것일 테지?"

"그렇습니다만 곧 꼬리가 붙잡힐 거라 생각합니다."

"이번에 잡으면 팔과 다리 하나 정도로는 곤란해."

"머리통을 가져오도록 하겠습니다."

"그래, 그 정도가 적당하겠어."

신마맹주가 천천히 고개를 끄덕여 보였다. 그러자 잠시의 머뭇거림 끝에 음울한 목소리가 다시 흘러나왔다.

"맹주님, 천멸사신에게 경고해 줘야 하지 않겠습니까?"

"현사가 중원에 직접 나왔다고?"

"예, 현사는 분명 천멸사신에게 복수하려 할 것입니다."

"그 복수, 천멸사신에게 하는 것인가? 아니면 내게 하는 것인가?"

"……."

"뭐, 자네가 알아서 하게. 다만 조심해야 할 것이야. 오랜 숙원이었던 황천지난이 실패해서 지금쯤 현사, 그 친구 독이 바짝 오른 상태일 테니까 말이야."

"그 독, 본맹에 유용하게 사용하게 만들겠습니다."

"허허, 여전히 독하군! 독해! 현사가 자신의 후계자로 정한 사람답게 말이야."

"……."

"그럼 물러가서 일보게."

"존명!"

음울한 복명과 함께 다시 방 안에 침묵이 내려앉았다. 마치 처음부터 신마맹주 혼자만 존재했던 것처럼 말이다.

\*　　　　　\*　　　　　\*

청연장.

이현은 북경성으로 복귀한 후 사흘이 지나는 동안 단 한 발짝도 밖으로 나가지 않았다.

황천지난!

그 후유증은 상상 이상으로 컸다.

생사결 당일 자금성에서 벌어진 반란으로 무수히 많은 황족과 문무관리가 숙청을 당했는데, 그 숫자가 거의 천여 명에 육박했다. 그동안 황실에서 암약하던 반황제파의 대부분이 숙청의 칼날을 피할 수 없었기 때문이다.

하나 그 역시 시작에 불과했다.

곧 숙청 작업은 북경성 밖으로 퍼져 나가 오군도독부로 향했다. 그곳에서 13황제 주덕룡의 명에 따랐던 자들 중 반황제파와 관련된 무장들을 하나하나 골라내기 시작한 것이다.

난의 뒷정리?

아니다.

오히려 그 시작이라 할 수 있었다.

철혈의 통치자 겸치 노철령이 다시 전권을 휘두르기 시작했으니, 남경에서 칠황야의 난에 동조했던 세력 역시 철퇴를 맞게 될 터였다. 북경에 남아 있던 그들의 식솔과 관련자 전원에 대한 숙청까지 이뤄진다면 향후 죽어 나갈 사람의 숫자는 10배나 20배에 이를지도 모를 일이었다.

당연히 북경성의 분위기는 살벌해졌다.

하루에도 무수히 많은 사람들이 오고가던 거리는 한적해졌고, 가게는 문을 닫았다. 사람들은 집 안에 들어가서 문단속을 했고, 아이들 역시 밖에서 나가 놀지 못하게 했다.

복지부동이다.

납작 바닥에 엎드려서 북경 사람들은 하루하루를 보내고 있었다.

물론 그렇지 않은 사람도 있다.

청연장에 틀어박혀 있기를 사흘째.

언제나와 같이 파양대전에서 한빙신마 단사령에게 기습당해 중상을 당한 모용조경을 병문안한 이현이 기지개를 켜며 청연장 밖으로 향했다.

"으아함! 밥이나 먹으러 가야겠다!"

"어딜 가시려는 건데요?"

"응?"

이현이 손가락으로 하품하다 흘러내린 눈물을 닦으며 고개를 돌렸다.

그러자 그의 전속 시녀였던 연홍이 생글거리며 서 있었다.

그녀의 진짜 정체는 금의위 천호!

중원에서는 변방에 속해 있으나 독자적인 무공의 강력함만은 유명한 해남파 장문인의 제자 연서인이었다.

"오! 연홍 소저!"

"제 본명은 연서인이라고 했잖아요!"

"아, 그랬었지!"

이현이 무심코 고개를 끄덕여 보이자 연서인이 상큼하게 아미를 찡그려 보였다.

금의위에서도 그녀는 특수보직에 속한다.

평소에 같은 금의위에게도 정체를 드러내지 않아야 한다.

주목란이 검치 노철령의 명을 받아 황실에서 난이 일어날 경우를 상정해 만든 특수 병과이기 때문이다.

그런 연서인이 이현에게만은 자신의 정체를 말했다. 사심이 없었다고 말하긴 어려웠다.

'그런데 내 이름을 잊어버렸다니! 정말 이 공자는 여자에 대해 너무 둔감하잖아? 하긴 그래서 주변에 그렇게 미녀들이 넘

치는데도 아직 내게 기회가 있는 걸 테지만⋯⋯.'

내심 눈을 빛낸 연서인이 얼른 화제를 바꿨다.

"그런데 이 공자님, 제 질문에 대한 대답은요?"

"질문?"

연서인이 대문 밖을 손가락으로 가리키자 이현이 그제야 고개를 끄덕여 보였다.

"아아, 그거!"

"예, 그거요."

"마침 잘됐다!"

"예?"

"연 소저, 나 돈 좀 빌려줘!"

"예? 돈이요?"

"응, 오랜만에 밖에 나가서 외식을 할까 하고 나섰는데, 생각해 보니 내가 돈이 별로 없더라구."

"그래서 박봉인 제게 손을 내미시는 건가요?"

"어."

천연덕스러운 이현의 대답에 연서인이 잠시 황당한 기색을 지어 보이다 갑자기 생글거리는 미소를 되찾았다.

"공짜로 빌려드릴 순 없어요."

"나중에 주 군주한테 돈을 받아서 두 배로 돌려줄게."

"그보다 저랑 함께 식사하러 가시는 게 어때요? 저번에 제가 박봉을 털어서 고급 요리를 사드렸으니까 이번에는 이 공자님이 답례를 하시는 걸로요."

"그것도 좋지."

"그럼 결정됐네요! 어서 가요!"

연서인이 얼른 이현의 곁에 바짝 붙었다. 중원의 변방인 남방, 바닷가 쪽의 여인답게 태도가 무척이나 적극적이고 대담하다. 한번 마음을 정하자 남의 시선 따윈 아랑곳하지 않는다.

"어… 어어어……."

이현이 얼떨결에 연서인과 팔짱을 낀 자세가 되어 끌려갔다. 제아무리 여자에 대해 초연한 돌부처라 해도 뭔가 머릿속을 때리는 느낌이 없을 리 만무하다.

'설마 날 바가지 씌우려는 건 아닐 테지?'

없었다!

이현은 주머니 사정만 걱정한 채 연서인에게 끌려갔다.

＊　　　　＊　　　　＊

'형님! 이번에는 시녀입니까!'

청연장으로 향하던 악영인은 연서인에게 끌려가는 이현을 보고 자신도 모르게 몸을 숨겼다.

본능적인 반응이었다.

전날 그녀는 황천지난의 수습 과정에서 산동악가 출신의 무장들에게 딱 걸려 버렸다. 어전비무대회에 산동악가 출신으로 출전한 소문이 이미 북경의 병부와 관계에 파다하게 나 버렸기 때문이다.

하물며 그 후 벌어진 자금성과 북경의 난에서 악영인은 어쩌다 보니 대활약을 하게 되었다. 검치 노철령과 주목란 쪽의 일파가 되어서 반황제파가 일으킨 난을 평정하는 데 선봉장 역할을 톡톡히 수행했다.

당연히 황천지난에 중립을 지키고 있던 산동악가 출신들에게 그녀는 갑자기 인기 폭발이 되었다. 본가뿐 아니라 방계에 속한 친족들까지 일제히 그녀를 찾아댔고, 어떻게든 줄을 대려 노력했다. 그녀를 방패 삼아서 중립을 지켰던 일에 대한 면죄부를 받고자 함이었다.

덕분에 악영인은 근래 무척 바빴다.

본래는 적당히 중간에 발을 빼려 했으나 산동악가에서 가주 명의의 편지를 전달되었다. 세가의 일원으로서 최선을 다할 수밖에 없는 상황이 된 것이다.

그렇게 사흘을 바쁘게 보내고 악영인은 드디어 해방되었다.

친족들로부터 벗어나 청연장으로 이현을 찾아왔다.

그런데 처음으로 본 광경이 연서인과 다정하게 외출하고 있는 이현의 모습이라니!

악영인은 본능적으로 몸을 숨긴 후 바로 후회했다.

그동안 친족들을 만나느라 그녀는 악무산으로서 행세할 수 없었다. 악무산의 쌍둥이 동생이자 산동악가의 하나밖에 없는 딸인 악영인으로서 보내야만 했다.

그래서 이런 사태가 벌어졌다.

그리워하던 이현이 다른 여인과 다정하게 있는 모습을 보고 여인 특유의 수줍음과 질투를 동시에 느낀 것이다.

그러니 이제 어찌해야 할까?

악영인은 잠시 고민하다 마음을 결정했다.

'따라가 봐야겠다!'

그녀가 이현과 연서인의 뒤를 은밀하게 추격하기 시작했다.


\*              \*              \*


북경성.

난의 영향으로 평소보다 오가는 사람의 숫자가 아주 많이 줄어들었다.

특히 성문 앞은 더욱 그러했다.

북경성 인근을 철통같이 지키고 있는 오군도독부와 어림군의 병사들이 통행자들을 갈날 같은 시선으로 감시했다. 여전

히 난의 영향은 자욱한 그림자를 북경성 전체에 드리우고 있
었던 것이다.


"주변이 지나칠 정도로 삼엄합니다! 역시 소문이 사실이었
던 것이 아니겠습니까?"

"이쯤 되면 사실이라고 봐야 무방하겠지요."

"하면 대과가 치러지기 어렵다는 것도 사실이 아니겠습니
까?"

"……."

은야검의 조심스러운 말에 북궁창성이 눈살을 가볍게 찌푸
려 보였다.

한 달 전 북궁창성은 대과 초시를 치르기 위해 숭인학관을
출발했다. 본래는 혼자 북경에 올 생각이었으나 잠영쌍위가
호위를 자처하며 따라붙었다. 근래 숭인학관 일대에서 벌어졌
던 흉흉한 일 때문에 북궁세가에 지원을 요청한 터라 그들을
거절할 명분이 없었다.

북궁창성이 눈살을 찌푸리고 있자 북경성의 번화한 거리에
정신이 팔려 있던 소화영이 은야검의 옆구리를 찔렀다.

"윽!"

소화영이 아파하는 은야검의 옆구리를 꼬집은 채 그를 한
쪽으로 끌고 갔다.

"사형은 어째서 그렇게 눈치가 없어요?"

"내, 내가 뭘?"

"북경으로 오는 동안 이미 북경 인근하고 남경 쪽에서 대란이 일어났다는 소문이 파다했어요. 본가 쪽에서도 몇 차례나 서신을 보내서 북경에 가지 말라고 경고했고요. 그런데 북궁 공자님이 어찌하셨나요?"

"그야 더욱 열심히 북경으로 향하셨잖아?"

"맞아요! 그게 뭣 때문이겠어요?"

"대과 시험을 꼭 보시고 싶으셔서?"

퍽!

소화영이 이번에는 주먹으로 은야검의 옆구리를 가격했다. 옹골찬 그녀의 일권에 은야검의 입이 딱 벌어졌다. 그만큼 아팠기 때문이다.

그러나 그는 얼른 튀어나오려는 비명을 꿀꺽 삼켰다. 소화영의 눈매가 매섭게 번뜩이고 있었다. 이럴 때의 그녀는 참 많이 무섭다.

'왜? 도대체 나한테 왜 그러는데?'

구슬픈 표정이 된 은야검을 소화영이 잠시 한심하다는 듯 바라보다 입가에 한숨을 매달았다.

"하아! 북궁 공자님은 지금 대과 따윈 별로 중요치 않으세요. 그러니까 앞으로 내파에 관해서 북궁 공자님께 언급하지 마세요."

"아, 알겠어. 내 사매의 말대로 할게."

"……"

소화영이 유순한 소처럼 고개를 주억거리는 은야검의 모습에 조금 복잡한 표정이 되었다. 그가 어째서 자신에게 이러는지 모르는 바 아니었다. 그녀가 자랑하는 여인만의 촉으로 아주 확실하게 인지하고 있었다.

하지만 소화영에게는 여전히 북궁창성밖엔 보이지 않았다.

그가 근래 다른 여인에게 마음을 빼앗겼다는 걸 알지만 여전히 포기할 수 없었다. 아니, 하고 싶지 않았다.

'사형, 미안하지만 저는 역시 북궁 공자님이 좋아요! 그러니까 너무 저한테 잘해주지 마세요!'

내심 은야검에게 용서를 구한 소화영이 빠른 걸음으로 북궁창성에게 다가갔다.

"북궁 공자님, 성내에 들어왔으니까 일단 숙소를 정하시는 게 어떨까요?"

"어디에 숙소를 정하는 게 좋겠소?"

"그게 저도 북경엔 초행이라……"

소화영이 말끝을 흐리며 슬며시 은야검을 바라봤다. 그러자 은야검이 얼른 말했다.

"북궁 공자님, 제가 먼저 달려가서 숙소를 알아보겠습니다!"

소화영이 반색하며 말했다.

"…그래요! 사형이 가서 숙소를 알아보고 오시는 게 좋겠어요."

"그럼 사매는 북궁 공자님과 함께 저기 다관이라도 들어가서 쉬고 있어. 나는 숙소가 될 만한 객점이나 주루를 알아본 후 이곳으로 돌아오도록 할 테니까."

"예, 그리할게요."

은야검이 두 사람을 떠나가자 소화영이 북궁창성에게 은근슬쩍 달라붙었다.

"북궁 공자님, 저쪽에 괜찮은 다관이 있으니까 그곳에서 잠시 휴식을 취하시는 게 어떨까요?"

"그보다 소 소저에게 내 한 가지 부탁할 게 있소."

"부탁이요?"

"그렇소. 지금부터 북경에서 활동하는 하오문 친구들에게 날 안내해 주시오."

"예? 하오문은 어째서……"

"알아볼 것이 있소."

담담한 북궁창성의 대답에 소화영이 눈을 몇 차례에 걸쳐 깜빡거렸다. 자신이 사랑하는 남자의 속내를 도무지 파악할 수 없었기 때문이다.

"…그런데 북궁 공자님! 방금 전에 내가 분명히 북경성에 초

행이라고 말했는데, 이곳에서 활동하는 하오문도를 어떻게 찾
으란 건가요?'

　깊은 고민에 빠지게 되는 소화영이었다.

第六章

## 화산파가 봉문을 선언했다!

혈갈 진화정은 전각 밖으로 보이는 북경성의 전경을 바라보며 한숨을 푹 내쉬었다.

몇 달 전까지 그녀는 행복했다.

섬서 하오문의 부문주에 오른 후 곧 화산에서 벌어질 비검비선대회만을 기다리고 있었다.

종남파와 맺은 협정에 의해서 천하 무림인이 모여드는 그때, 섬서 하오문 역사에 길이 남을 정도로 큰 수익을 창출할 자신이 있었기 때문이다.

물론 거기에는 몇 가지 난관이 있었다.

마검협 이현!

그의 확실한 동정을 파악해야만 했고, 화산파와 종남파의 움직임 역시 놓쳐선 안 될 터였다.

어찌 됐든 큰돈을 거둬들이려면 비검비선대회에 임할 당사자들의 현 상태를 파악하는 건 기본 중의 기본이었다.

특히 천하제일인 운검진인에게 도전하는 입장인 이현에 관한 정보는 더욱더 중요했다. 그의 무공 실력과 상태를 알아야만 도박의 승률을 최대치로 높일 수 있었기 때문이다.

그런데 이현을 감시하던 중 진화정은 굉장히 난처한 상황에 처했다. 금의위와 황실 양쪽의 최고위층이라 할 수 있는 주목란에게 찍혀서 그녀의 일을 돕게 되었다.

덕분에 진화정은 꽤나 자주 험한 꼴을 경험했고, 지금 역시 괴로운 시간을 보내는 중이었다. 주목란의 명에 의해 섬서성을 떠나 이곳 북경에서 금의위의 뒤치다꺼리를 수행하고 있는 것이다.

'곧 비검비선대회가 시작되잖아! 그런데 나는 어째서 이런 곳에서 하오문도들을 금의위의 비밀 조직으로 바꾸는 일 따위나 하고 있어야 하는 거냐구!'

진화정은 내심 소리 지르고 온몸을 버둥거렸다.

앉은 자세를 유지한 채 마구 양손을 허공으로 휘저었다.

그렇게라도 속에 있는 울분을 풀지 않으면 심화가 끓다 못해 중병이 걸릴 것만 같았다.

그때 밖에서 조심스러운 목소리가 들려왔다.

"진 대랑, 수상한 자들이 하오문도를 수소문하고 다니는 정황이 포착되었습니다!"

"수상한 자들?"

"예, 필시 무공을 익힌 자들인데, 북경성을 돌아다니며 하오문도를 찾고 있습니다."

"네가 파악하지 못한 걸 보니까 황실이나 관부와 관련된 자들은 아니겠구나?"

"예, 진 대랑의 말대롭니다."

"무공 수준은?"

"여자 쪽은 일류 고수급이 분명한데, 남자 쪽은 아직 파악하지 못했습니다. 그런데 여자가 남자를 모시는 입장인 것 같았습니다."

"일류 고수급의 여자를 데리고 다니는 남자라… 용모는 어때?"

"잘생겼습니다."

"잘생겼어?"

"예, 보기 드문 미남입니나."

"그래?"

"예."

진화정이 턱을 손가락으로 살살 더듬다가 야릇한 비음이 섞인 목소리로 말했다.

"어쩔 수 없이 내가 나서야겠군."

"진 대랑이 직접 처리하실 생각이십니까?"

"응."

대답과 함께 진화정이 자리에서 벌떡 일어섰다. 언제 한숨을 내쉬었냐는 듯 그녀의 얼굴이 생생하게 살아나고 있었다. 아주 밝고 환하게.

                    *                    *                    *

이현과 연서인이 북경의 유명한 요리점 중 하나인 만홍루로 들어가고 얼마 지나지 않았을 때였다.

그들을 쫓아 청연장을 나선 악영인은 만홍루를 살피던 중 흠칫 놀란 표정이 되었다. 만홍루가 위치한 거리의 반대편에서 익숙한 두 사람이 걸어오는 걸 발견했기 때문이다.

'저건 북궁 애송이하고 녀석의 시비인 소화영이잖아!'

그렇다.

그녀가 발견한 건 북경성에 도착하자마자 하오문도를 찾아

나선 두 사람이었다. 그들은 수소문 끝에 혈갈 진화정이 흘린 정보를 쫓아서 만홍루로 오게 되었다. 그곳에서 북경 하오문과 접촉할 수 있다는 정보를 얻었기 때문이다.

그럼 이 갑작스러운 우연을 악영인은 어떻게 받아들였을까?

'잘됐다! 북궁 애송이 녀석을 이용해서 형님에게 접근해야겠다!'

내심 눈을 빛낸 악영인이 재빨리 은신하고 있던 가게를 빠져나와 북궁창성을 향해 손을 들어 보였다.

"여어!"

북궁창성의 눈에 이채가 어렸다.

"악 형……."

"어, 나야! 북경에는 언제 온 거야?"

"…오늘 도착했소."

"소문을 듣지 못한 모양이군."

"소문이라면?"

"뭐, 얘기를 하자면 좀 길어질 테니, 일단 어디 안으로 들어가도록 하지."

악영인이 자연스럽게 북궁창성을 만홍루로 안내했다. 그곳에 들어가서 이현과 합류하려는 의도였다.

그런데 그때 소화영이 두 사람 사이에 끼어들었다.

"북궁 공자님, 이곳은 좀 곤란한데요?"

"응? 왜?"

악영인이 소화영을 돌아보며 눈살을 찌푸려 보이자 그녀가 우물쭈물하는 표정이 되었다. 만홍루에서 북경 하오문과 접선하기로 했다는 말을 하기가 곤란했기 때문이다.

북궁창성이 그 같은 점을 눈치채고 악영인에게 말했다.

"악 형, 이곳 말고 다른 곳으로 가도록 합시다."

"어째서 그러는 거야? 여기 만홍루는 요리가 무척 맛있는 곳이라구!"

"내게 곤란한 일이 있어서 그러오. 그러니 악 형이 조금 이해해 줬으면 하오."

'이 자식, 설마 만홍루에 형님이 계신 걸 알고 이러는 건가?'

악영인이 엉뚱한 오해를 할 때였다.

와장창!

갑자기 만홍루의 이 층 창문이 박살 나며 한 명의 면사녀가 그곳을 통해 뛰어내렸다.

휘리릭!

꽤나 높은 위치였으나 면사녀는 한차례 공중제비와 함께 바닥에 떨어져 내렸다. 평범한 여인이 아니라 무공을 익힌 무림인인 것이다.

슥!

그런데 그녀가 지축을 박차고 다시 신형을 날리려 할 때였다.

퍼엉!

면사녀가 부수고 나온 창문 안쪽에서 날카로운 파공성과 함께 나무젓가락 하나가 날아와 그녀의 등을 파고들었다.

"악!"

면사녀가 비명을 지르며 바닥에 쓰러졌다.

나무젓가락에 부상을 당한 것일까?

그렇진 않았다.

빙글!

언제 비명을 지르며 쓰러졌냐는 듯 면사녀가 유연한 몸놀림으로 바닥을 굴렀다. 혹시라도 다시 나무젓가락 같은 게 날아올까 봐 온몸에 흙먼지를 덮어쓰며 바닥을 데굴데굴 굴러서 이동하기 시작한 것이다.

"허!"

악영인이 저도 모르게 탄성을 발했다. 면사녀가 펼치고 있는 게 볼썽사납긴 하나 꽤 절묘한 지당권의 운신법임을 눈치챘기 때문이다.

"으음!"

북궁창성은 눈살을 찌푸리며 신음을 흘렸다. 면사녀가 혹시 자신이 만나려 했던 하오문의 인물일지도 모른다는 생각이 들었기 때문이다.

그때 나무젓가락이 날아온 민홍루의 박살 난 창문 안쪽에서 한 명의 사나이가 뛰어내렸다.

이현이었다.

슥!

이현은 바닥에 착지한 것과 동시에 발끝으로 기력을 가볍게 방출해 냈다.

스으— 팟!

그러자 급가속을 일으킨 그의 신형이 잔영보의 변화를 일으키며 단숨에 바닥을 기고 있는 면사녀를 따라잡았다.

"어딜 가려고?"

"으아앙!"

면사녀가 뒷덜미를 낚아채는 이현의 손길에 놀라서 울음을 터뜨렸다.

완전히 겁에 질린 모습!

딱 보기에 매 맞는 아내가 남편에게 도망치다 붙잡힌 것 같은 형국이다.

그러나 다음 순간이었다.

파악!

대성통곡에 가까운 울음을 터뜨렸던 면사녀의 소매 속에서 하얀 가루가 폭탄처럼 터져 나왔다.

시체에 염을 할 때 사용하는 석회가루!

만약 눈에 약간이라도 들어간다면 기름으로 씻어내지 않으면 실명을 한다. 강호의 무림인 중 흑도나 하오문도가 아니면 사용하지 않는 비열한 수법을 면사녀는 거짓 울음과 함께 이현에게 전개한 것이다.

그러자 이현이 소매로 얼른 얼굴을 가리더니, 대뜸 면사녀의 엉덩이를 걷어찼다.

퍽!

"아악!"

퍽!

"아악!"

퍽!

"아아악!"

얼굴을 소매로 가린 상태에서도 그의 회심퇴는 놀랍도록 정확하게 면사녀의 엉덩이를 가격했다. 그녀의 풍만한 엉덩이가 거의 두 배 정도로 부풀어 오르게 만들었다.

파악!

그리고 소매를 휘젓자 면사녀가 뿌렸던 석회가루가 주먹만한 공으로 변해 바닥에 툭 떨어져 내린다.

"엉엉엉······."

면사녀는 조금 전과 같은 대성통곡이 아니라 서럽게 흐느껴 울었다. 이현에게 걷어차인 엉덩이가 아픈 건 둘째 치고, 그가 자신에게 무슨 짓을 할지 모르는 현 상황이 너무 무서워서 거의 정신줄을 절반쯤 놔버리고 말았다.

이현이 그 모습을 잠시 지켜보다 고개를 끄덕여 보였다.

"역시 그 울음소리… 낯 익어!"

"……."

이현의 말이 떨어지기가 무섭게 면사녀가 울음을 멈췄다. 이번 역시 거짓 울음이었던 것일까?

이현은 개의치 않았다.

"면사 벗어!"

"요, 용서해 주세요! 제 얼굴에 흉터가 심해서 남에게 보여줄 수 있는 얼굴이 아니에요!"

"더 맞을래?"

"벗을게요! 벗겠습니다!"

면사녀가 이현의 담담한 협박에 기가 질려 얼른 면사를 벗었다. 그에게 더 맞는다면 엉덩이가 부풀어 오르다 못해 폭발할 수도 있었기 때문이다.

'망할 마검협 녀석! 얼굴이 젊게 변했어도 성질머리는 똑같이 더럽구나! 어쩌다가 나 혈갈 진화정이 이런 흉성(凶星)을 만나게 되었단 말이냐!'

면사녀는 혈갈 진화정이었다.

그녀는 오늘 북궁창성과 만나기 위해서 만홍루에 왔다가 이현을 보고 기겁했다. 놀랍게도 그와 정면으로 맞닥뜨리는 불상사를 만났기 때문이다.

과거의 악몽 재현!

진화정은 순간적으로 공포에 빠져서 엄청난 실수를 했다. 이현 앞에서 부자연스러운 모습을 보인 후 만홍루를 빠져나가려다 그의 관심을 끌고 말았다. 스스로 마검협이라는 호랑이의 아가리 속으로 머리를 들이밀고 만 것이다.

그렇게 진화정은 자신의 운수 없음을 한탄하며 몸을 벌벌 떨었다. 커다랗게 부풀어 올라 있는 엉덩이의 통증마저 잊어버릴 정도로 그녀는 완전히 겁에 질린 상태였다.

그때 그녀 앞에 쭈그려 앉은 이현이 고개를 갸웃거렸다.

"너, 누구냐?"

"예?"

"너 누구냐고?"

이현이 재차 질문하자 진화정의 눈에 다시 왈칵 눈물이 고였다.

'이 자식, 날 기억도 못하잖아!'

내심 울컥한 진화정이 자신도 모르게 소리쳤다.

"잘생긴 오빠!"

"잘생긴 오빠?"

이현이 미간을 좁히더니 그제야 진화정을 알아봤다. 자신보다 나이가 많은 그녀에게 오빠라 불린 일은 그에게도 썩 기분 좋은 일은 아니었기 때문이다.

"아! 너는 그때 내 검을 훔치려고 달려들었던 산적?"

"산적이 아니라 하오문도예요!"

"하오문도?"

"예, 섬서 하오문의 혈갈 진화정이 제 이름이에요!"

"……."

이현이 절반쯤 악에 바쳐서 소리치는 진화정을 물끄러미 바라보다 쭈그린 자세를 풀고 일어섰다. 진화정의 정체를 알고 난 후 그녀에 대한 관심이 급격히 사라졌다. 신비로운 면사녀의 환상이 깨진 것이다.

"북궁 사제!"

느닷없는 이현의 부름에 북궁창성이 당황한 표정으로 대답했다.

"예, 이 사형!"

"돈 좀 있으면 빌려줘!"

"예?"

"돈 좀 빌려달라구!"

이현이 재차 요구하자 북궁창성이 얼른 그에게 달려가 품에서 꺼낸 전대를 통째로 넘겨줬다.

"묵직하구만."

이현이 전대의 무게를 가늠한 후 속에서 은자 두 냥을 꺼내서 진화정에게 줬다.

"이걸로 약값이나 해라."

'병 주고 약 주냐?'

내심 화를 내면서도 진화정은 정중하게 은자를 받아들었다. 이현이 자신을 알아보지 못하는 것에 화가 나서 대형사고를 저질렀다. 이현이 그 사실을 알아채기 전에 얼른 그에게서 빠져나가야만 했다.

그런데 바로 그때, 은자를 품속에 쑤셔 박고 엉거주춤 일어서는 진화정을 이현이 불러 세웠다.

"그렇다고 그냥 떠나면 안 되지! 너한테는 몇 가지 더 물어볼 게 있으니까!"

'망했다!'

진화정이 내심 울상을 지어 보였다. 이현에게서 벗어날 수 없다는 걸 깨달았기 때문이다.

그때 만홍루에서 연서인이 모습을 드러냈다.

그녀가 손을 몇 차례 휘저어 보이자 만홍루 주변으로 수십 명이나 되는 사복 금의위가 모습을 드러냈다. 연서인이 이끄는 해남파 출신의 금의위들이었다.

"잠시 이쪽을 통제해 주세요!"

"예!"

사복 금의위들이 재빨리 만홍루를 통제했다. 그러는 사이 이현 쪽으로 걸어온 그녀가 북궁창성의 잘생긴 얼굴을 힐끗 바라보고 말했다.

"이 공자님, 제 얼굴을 봐서 진 대랑을 용서해 주시면 안 될까요?"

"설마……."

"예."

간결하게 이현의 말을 끊은 연서인이 전음으로 부연 설명했다.

[이 공자님의 예상대로 진 대랑은 금의위에서 하오문에 침투시킨 비밀 요원이에요.]

[…주 군주의 사람인가?]

[예.]

이현이 새삼스러운 표정으로 진화정을 바라보고 천천히 고개를 끄덕여 보였다. 전날 주목란이 서안으로 자신을 찾아온 게 눈앞의 진화정과 관련이 있음을 눈치챘기 때문이다.

'정말 이젠 한계로군. 내 정체를 하오문에서 알고 있다는 건 곧 무림 전체에 소문이 난다는 것이나 다름없으니까.'

이현의 속내를 읽은 듯 연서인이 다시 전음으로 말했다.

[이 공자님의 정체를 아는 사람은 아직 극소수에 불과하니

다. 주 군주님께서 철통같이 비밀을 지키게 했으니까 너무 걱정하실 필요는 없어요.]

[그런 것 치곤 대부분 나에 대해서 아는 것 같은데?]

[그건…….]

[됐소.]

곤란해하는 연서인의 말을 끊은 이현이 진화정에게 강렬한 살기를 쏘아 보냈다.

"헉!"

진화정이 다리에 힘이 풀려 바닥에 다시 주저앉았다. 그만큼 이현이 갑자기 쏘아 보낸 살기는 무서웠다. 아예 그녀의 머릿속을 하얀 백지처럼 만들어 버렸다.

"침묵은 천금과도 같다는 걸 잊지 마시오! 진 대랑!"

"……"

"대답은?"

"…예! 예! 예! 예!"

진화정이 얼른 고개를 주억거렸다. 절대 다시는 이현과 마주치지 않겠다고 굳게 결심하면서 전력을 다해 고개를 끄덕여 보였다.

그러자 입가에 흐릿한 미소를 만들어 보인 이현이 북궁창성의 전대에서 은자 두 냥을 더 꺼내서 진화정에게 건넸다.

처음과는 다른 용도의 돈이었다.

어느새 진화정이 속치마를 축축하게 적시고 있었기 때문이다.

*       *       *

만홍루 앞에서 북궁창성 일행과 악영인을 만난 이현은 곧바로 청연장으로 돌아왔다.

진화정 탓은 아니었다.

그녀가 허겁지겁 만홍루를 떠나간 후 이현은 북궁창성과 대화를 나누던 중 청천벽력 같은 소식을 접했다.

대과 초시의 한시적인 중단!

어찌 보면 당연한 일이다.

근래 북경과 남경에서 동시에 벌어진 반역 사태는 중원을 완전히 뒤집어 놓았다고 할 수 있었다.

북경 일대는 아직까지도 철통같은 통제에 들어가 있었고, 남경이 위치한 강남 쪽에는 검치 노철령의 명에 의해서 대군이 진군한 상태였다.

비록 반황제파의 중심인 칠황야 주세민을 검치 노철령이 죽이고 북경의 거의 모든 반역 세력을 숙청했다곤 하나 아직 갈

길이 멀었다. 칠황야가 죽은 후에도 남경과 강남 일대에는 여전히 반황제파의 군세와 잔당들이 잔뜩 남아 있었기 때문이다.

그러니 이런 혼란기에 대과를 계속 진행할 수 있을 리 만무하다. 한시적인 중단이라곤 하나 아예 몇 년쯤 뒤로 시험이 밀리는 것도 고려해야 할 터였다.

'하지만 나한테는 시간이 없다구!'

사실이다.

이현은 본래 당락에 관계없이 이번 대과 초시가 끝난 후 곧바로 종남파로 돌아갈 생각이었다.

오랫동안 연무를 해왔던 조사동에 들러서 사부 풍현진인을 비롯한 역대 조사들에게 마지막 인사를 올리고 화산으로 떠나려 한 것이다.


비검비선대회!


지난 수백 년간 섬서성의 패권을 다퉜던 종남파와 화산파 간에 벌어지는 친선 비무다.

친선을 가장해서 섬서성 제일의 문파를 가리기 위한 그럭저럭 평화적인 수단이었다.

그러나 당대에 천하제일인 운검진인이 등장한 후 비겁비선대회는 유명무실하게 되었다. 운검진인에게 몇 차례 패배를 당한 후 아예 종남파가 비검비선대회 자체를 포기해 버렸기 때문이다.

그 후 욱일승천하는 기세로 천하를 호령하는 화산파와 운검진인에 대한 열등감을 곱씹으며 풍현진인은 이현을 키워냈다.

자신의 막내 제자에게 세가 기운 종남파의 모든 걸 쏟아부어서 운검진인에게 대항할 수 있을 만큼 강력한 절대고수로 만들었다.

당연히 이현에게 있어서 비검비선대회는 숙원, 그 자체나 다름없었다. 출종남천하마검행의 고된 여정을 마다치 않았던 것은 오로지 비검비선대회에서 천하제일인 운검진인을 이기기 위함이었다.

즉, 부친 이정명을 위해 늦은 나이에 대과를 준비한 것과 똑같은 이유로 비검비선대회를 포기할 순 없었다.

아니다.

그보다 훨씬 절실했다.

비검비선대회에서 운검진인을 제압하는 건 사부 풍현진인과 종남파의 염원이기 이전에 이현의 목표, 그 자체였으니까.

그래서 이현은 결정했다.

대과 초시를 포기하고 종남파로 돌아가기로 말이다.

'그런데 주 군주는 도대체 언제 돌아오는 거야? 대군을 이끌

고 날 쫓아오지 않겠다는 약속을 받으려고 내가 이렇게 기다리고 있는데 말이야!'

이현은 청연장의 정원을 서성거리며 생각에 잠겨 있었다. 연서인에게 부탁해 며칠간 보지 못한 주목란에게 기별을 넣고 그녀가 오기를 기다리는 중이었다.

그때 이현의 뒤로 악영인이 다가들었다.

"형님, 무슨 생각을 그렇게 깊게 하고 계시는 거유?"

"별거 아냐."

"별거 아닌 게 아닌 것 같수만?"

"그래 보이냐?"

"그렇수."

악영인의 직설적인 대답에 이현이 피식 웃어 보였다.

"하하, 그러고 보니, 무산 네 녀석도 골 때리는 놈이지 않느냐?"

"내가 뭘요?"

"너, 식년과 떨어졌잖아!"

"……."

악영인의 얼굴이 삽시간에 홍시처럼 빨갛게 변했다.

"부끄러워한다! 부끄러워해!"

"내, 내가 뭐… 아니, 그보다 남의 아픈 곳은 왜 갑자기 찌르고 그러시는 거유!"

"아프라구."

"우와! 형님, 정말 나쁜 사람이유! 나쁜 사람이야!"

악영인이 방금 전과는 다른 이유로 얼굴을 붉힌 채 이현에게 소리쳤다.

추켜올린 주먹에 힘이 잔뜩 실려 있다.

그러자 이현이 다시 웃어 보이곤 조금 진지해진 표정이 되었다.

"나 북경에서 그만 떠날까 한다."

"예? 시험은 어떻게 하시고요?"

"북궁 사제 얘기 못 들었냐?"

"이번 대과 초시가 무기한으로 연기될 거 같다는 거 말이유?"

"그래."

"그건 아직 확정된 건 아니지 않수? 뭐, 북경에서 반란이 일어났으니까 한동안 연기되는 건 어쩔 수 없겠지만. 아니, 그보다 형님은 이번 반란 진압의 공신 아니우? 엄청난 대공을 세웠는데, 대과 초시 따위에 연연할 필요는 없다고 봅니다만?"

"내가 왜 대과에 연연할 필요가 없는데?"

"그야 이젠 대과를 군이 보지 않더라도 입신양명(立身揚名)은 따놓은 당상이니까요!"

"입신양명이라……."

이현이 악영인이 한 말을 따라 중얼거리곤 미미하게 고개를 가로저었다.

　"…확실히 유학자들의 목표가 입신양명이긴 하지만, 나는 그딴 걸 바라고 대과를 준비한 게 아니다."

　"그러면 뭔 이유로 대과를 준비했는데요?"

　"글쎄다? 뭣 때문이었을까?"

　이현이 반문과 함께 다시 고개를 가로저었다. 뭔가 못마땅한 생각이 들었기 때문이다.

　이번 반란을 제압하며 든 생각!

　검치 노철령과 주목란이 충성을 바치고 있는 황제에 대한 의구심이었다.

　암군이라 소문난 황제!

　그는 꽤나 오랫동안 국정에서 손을 뗀 채 개인적인 쾌락에만 빠져 있었다. 앞선 몇 명의 황제들과 비슷할 정도로 무능하고 대책 없는 인간이라 할 수 있는 것이다.

　당연히 현 제국은 오로지 검치 노철령의 철권통치에 의해 유지되고 있었다. 만약 그의 오랜 노고와 강력한 정권 장악력이 없었다면 이번 반황제파의 반란이 벌어지기 이전에 중원은 극심한 혼란기에 빠져들고 말았을 터였다.

　그게 바로 이번에 이현이 검치 노철령을 노운 이유였다.

그의 존재야말로 중원과 명 제국의 안정이란 판단이었다.

단순히 사부 풍현진인 시절부터 이어져 온 인연 때문이 아니었던 것이다.

그러나 이번 반란 사태를 정리하며 이현은 강렬한 혐오감을 느꼈다. 반란이 한창 진행될 때는 물론이거니와 완전히 종결된 현재까지도 여전히 모습조차 드러내지 않는 황제란 존재에 극렬한 반감을 느꼈다. 이런 자가 중원 전체의 지배자이자 하늘을 대신해 세상을 다스리는 천자란 것을 믿고 싶지 않았다.

맹자는 말했다.

천명을 받아서 나라를 다스리는 군주라 하여도 천도(天道)를 무시하고, 백성을 돌보길 등한시하고, 사리에 맞지 않는다면 그 자리를 폐(廢)함이 마땅하다고 말이다.

그런데 과연 암군이라 불리는 현 황제에게 천자의 자격이 있는 것일까? 만백성의 우러름과 충성을 받을 수 있는 것일까?

그 점에 대해 이현은 자신할 수 없었다.

적어도 그는 그렇지 않다고 여겼다.

결정했다.

그래서 이현은 이번 반란을 진압한 공으로 공신록에 이름을 올리거나 큰 벼슬을 받는 것에 관심이 없었다. 이미 자신의 가슴속에 혐오를 심어 넣은 황제에게 충성을 바치고 싶은 마음이 눈곱만큼도 없었기 때문이다.

물론 이 같은 생각은 오로지 가슴속에만 간직했다.

누구에게도 언급하지 않았다.


무림인!


자신의 무위로써 천하를 오시하고, 질주한다. 한 자루 검만을 믿고 풍찬노숙(風餐露宿)을 마다치 않는다.

그게 바로 이현의 삶이었다.

그날 밤.

이가장을 떠나며 이현이 꿈꿨고, 여태까지 추구했던 진짜 인생이었다.

부친 이정명에 대한 마음의 빚?

감정적인 찌꺼기?

그로 인해 시작된 대과 준비.

그 모든 것을 이현은 백일몽(白日夢)이라 생각했다. 황제에 대한 혐오를 느낀 순간, 마음속에서 산산이 부서져서 아무것도 아닌 게 되어버렸다.

그렇게 이현이 마음을 다지고 있을 때였다.

자박! 자박!

그와 악영인만이 머물러 있던 정원으로 섬세한 발자국 소리와 힘께 주목란이 모습을 드러냈다.

궁장 위에 갑주를 걸친 전포 차림!

반란이 시작된 후 금의위 진무사에 더해 황실을 호위하는 어림군의 지휘까지 겸하게 된 주목란의 모습에는 평소보다 더 큰 위엄이 깃들어 있었다. 그녀의 호령 한마디에 수백, 수천의 목숨이 좌우된다. 이러한 변화는 이미 예정되어진 일일지도 모른다.

"마침 잘됐군요. 두 분이 함께 있으니 말이에요."

이현의 눈에 이채가 어렸다.

'예기치 못했던 일이 벌어졌군!'

이현의 예상대로였다.

주목란이 그의 곁에 빠른 걸음으로 걸어온 후 폭탄 발언을 했다.

"이 대가, 화산파가 봉문을 선언했어요!"

"뭐어어어어어!"

이현의 입에서 버럭 노성이 터져 나왔다.


          *               *               *


주목란이 전달한 놀라운 소식은 또 있었다.

화산파가 봉문을 선언한 것과 동시에 천하제일세가 서패 북궁세가에서 전해진 비보가 천하에 전달되었다.

가주(家主) 사망!

오랫동안 북궁세가의 가주를 맡고 있었던 천풍신도왕 북궁인걸의 죽음은 갑작스러웠다.

그의 나이 이제 오십 세!

일반적인 무인이 아니라 초절정급의 무위를 지녔다고 평가받는 북궁인걸로선 최전성기에 들어섰다고 봐도 무방하다. 초절정급의 무인이기에 육체적인 노쇠함은 멈추고, 무학에 대한 깨달음과 초식의 정묘함은 극치에 도달했을 터였기 때문이다.

하물며 북궁인걸은 천하제일세가라 일컬어지는 서패 북궁세가의 가주였다. 소림사나 무당파에 버금갈 정도로 고수가 많다고 알려진 북궁세가의 가주가 급사할 만한 일이란 건 범인으로선 상상하기조차 힘든 일일 터였다.

물론 이현에게 지금 가장 중요한 건 천풍신도왕의 갑작스러운 죽음보다 화산파의 봉문 선언이었다.

천하제일인 운검진인!

그를 배출했고, 그가 머물러 있는 곳이 바로 화산파였다. 그래서 정파의 양대 태산북두인 소림사와 무당파조차 당대 화산파에는 반걸음 정도 양보를 하고 있었다. 객관적인 문파의 전력만으로 보자면 소림사와 무당파가 화산파에 떨어질 게 없으나 두 문파에는 천하제일인 운검진인을 상대할 사람이 배출되지 않았기 때문이다.

당연히 화산파는 오만했다.

섬서성의 제일을 넘어서 구대문파의 수석 자리까지 넘볼 만큼 자신만만했다. 항상 긴장 관계를 유지했던 종남파 정도는 아예 신경조차 쓰지 않을 정도였다.

그런데 그런 화산파가 봉문을 하다니!

그것도 단지 몇 달 앞으로 다가온 비검비선대회를 앞두고!

정원에서 은밀한 내실로 자리를 옮기자마자 이현이 버럭거리며 연신 질문하자 주목란이 쓴웃음과 함께 고개를 가로저었다.

"애석하게도 그 이유는 아직 파악되지 못했어요. 금의위뿐 아니라 동창에서도 말이에요."

이현이 다시 버럭거렸다.

"그게 말이 되는 소리요! 주 군주가 말했잖소! 창위에서 화산파는 아주 특별하게 관리하고 있다고 말이오!"

"맞아요. 그러니까 이렇게 빨리 화산파의 봉문 선언을 입수할 수 있었고요."

"그게 무슨 소리요?"

"화산파가 봉문 선언을 하긴 했는데, 아직 그 소식이 화산 인근을 제외하곤 전파되지 않았어요. 마치 고의적으로 특정한 세력이 소문의 전파를 막고 있는 것처럼 말이에요."

"특정한 세력? 그렇다면 설마……."

"예, 이 대가가 생각하는 게 맞을 거예요. 화산파는 특정한 세력에게 억압을 받아서 봉문을 선언한 걸 거예요. 그리고 그 특정한 세력은 그 소식이 밖으로 전달되는 걸 좋아하지 않는 것 같네요. 북궁세가의 가주 정도 되는 거물을 죽여 버릴 정도로 말이에요."

"……."

갑자기 말이 없어진 이현을 대신해 악영인이 놀라 소리쳤다.

"천풍신도왕의 죽음이 화산파를 봉문시킨 세력과 관련 있다는 겁니까!"

주목란이 악영인을 돌아보며 천천히 고개를 끄덕여 보였다.

"일단 창위 쪽의 분석은 그래요. 나 역시 그렇게 생각하고요. 하지만 여기서 신경 쓰이는 점은……."

"운검진인의 행방!"

이현의 묵직한 한마디에 악영인이 다시 놀란 표정을 지어 보였으나 주목란은 태연했다. 이현이 한 말의 의미를 처음부터 알고 있었던 것 같다.

"…이 대가의 말대로 운검진인은 현재 화산파를 떠난 상태라고 판단돼요. 종남파와 마찬가지로 화산파 역시 세상을 속이고 있었던 거죠."

"종남파는 사정이 다르지!"

"뭐가 다르다는 거죠?"

"그거야……"

이현이 말꼬리를 흐렸다. 주목란의 말에 마땅히 반박하기가 어려웠기 때문이다.

주목란이 화제를 바꿨다.

"그런 이유로 저는 황실을 대신해서 이 대가에게 부탁드리고자 해요."

"그 전에 내게 더 말해줄 게 있지 않소?"

"안타깝게도 없어요. 화산파와 북궁세가 쪽에 침투시켰던 창위의 비밀 조직원 전원이 제거당했거든요."

"그렇군."

이현이 묵묵히 고개를 끄덕여 보였다.

어느 정도는 예측하고 있었다.

화산파를 봉문시키고, 그 소식이 밖으로 나가는 걸 차단하고, 북궁세가주 천풍신도왕 북궁인걸을 죽일 수 있을 정도의 세력!

얼마 전까지 정파 천하라 생각했던 무림에 어느덧 드리워진 짙은 암운이 동창과 금의위를 놔뒀을 리 만무하다. 그들은 아주 오랫동안 정파 무림에 자신들의 독버섯을 키워냈고, 지금 이 순간 땅속에 뻗어낸 거대한 몸을 세상 밖으로 드러냈다.

그 규모는 어느 정도일까?

아마 상상을 불허할 만큼 크고 강력할 터였다.

"역시 도고일척(道高一尺)이면 마고일장(魔高一丈)인 것인가……."

자신도 모르게 도(道)보다 마(魔)의 크기가 열 배나 된다는 사부 연배의 고리타분한 말을 지껄인 이현이 주목란을 바라 봤다. 이제 그녀가 원하는 바를 말하란 뜻이었다.

주목란이 말했다.

"이 대가, 북궁세가로 가주셔야겠어요!"

"북궁세가로?"

"예, 북궁세가에 조문을 가주세요. 그래서 그곳, 아니, 섬서성 무림 전체에서 벌어지고 있는 일에 대해서 조사를 해주셨 으면 해요."

"그게 검치 노야의 부탁이오?"

"예, 제 부탁이기도 하고요."

'검치 노야와 주 군주 모두 이번에 무림에서 벌어진 격변이 칠황야가 일으킨 반역과 연관된 일이라 생각하는 거로군.'

충분히 타당한 추론이다.

이현 역시 주목란의 말을 듣는 순간 그 같은 의심을 품있으니까.

그러나 다시 황실의 일을 도와달라니!

얼마 전까지 가슴속을 가득 메웠던 황제에 대한 혐오를 다시 떠올린 이현이 천천히 고개를 끄덕여 보였다.

"내일 날이 밝는 대로 북궁세가로 떠나겠소."

"이 대가, 고마워요!"

"하지만 이건 북궁 사제를 위한 조문이지 검치 노야나 주 군주의 부탁 때문이 아니오!"

"이 대가의 말씀은……."

"저번에 말한 대로 이번 일을 끝으로 나는 황실의 일에서 손을 떼겠소. 주 군주도 그렇게 알고 검치 노야께 내 뜻을 전달해 줬으면 하오."

"……."

주목란이 뭐라 말하기도 전에 이현이 자리에서 일어났다. 자신의 뜻을 분명하게 밝혔으니 더 말을 섞을 이유가 없다는 판단을 내린 것이다.

第七章

# 나니까!

"어! 어어어……."

갑작스럽고 일방적인 이현의 선언에 놀라 어버버하던 악영인이 얼른 그를 따라 몸을 일으켰다. 일단 이현의 뒤를 따라가서 눈치를 살펴볼 작정이었다.

그러나 그때 주목란이 조용한 목소리로 악영인을 붙잡았다.

"악 공자에겐 아직 할 얘기가 남았어요."

"…예?"

"그러니까 앉으세요."

"예?"

"앉으라고 했어요! 악. 공. 자. 님!"

순간 주목란의 전신에서 일어난 기묘한 박력에 놀란 악영인이 이현이 나간 방문 쪽을 안타깝게 바라보곤 자리에 앉았다.

그러자 주목란의 입가에 살짝 미소가 떠올랐다.

"후후, 악 공자도 많이 당황스러웠죠?"

"그게 그러니까……."

"뭐, 염려 마세요. 많이 붙잡지는 않을 테니까요."

"…아, 예."

"단!"

슬쩍 목청을 높여서 다시 악영인의 긴장도를 높인 주목란이 눈을 빛냈다.

"악 공자는 이 대가를 따라갈 수 없어요! 아니, 그렇다기보다는 따라가선 안 돼요!"

"어, 어째서?"

"산동악가에서 북경으로 곧 악 공자의 부친인 산동패왕 악철 대협께서 오세요."

"아, 아버님께서 북경으로 오신다고요?"

"예, 다행스럽게도 산동악가에서 드디어 마음을 결정한 듯하더군요. 향후 신창양가와 함께 남경의 반란을 제압하는 데 아주 큰 도움이 될 것 같아요. 그래서 말인데, 악 공자는 다시

군문에 복귀해 주셨으면 해요."

"예? 그건……."

"본래 악 공자가 이끌던 혈사대는 관외 최강의 별동 부대였더군요. 그런데 칠황야 쪽의 인사들이 그동안 농간을 부려서 보급에 무척 애를 많이 먹었고, 혈사대의 공적 역시 줄곧 축소되고, 은폐되었다고 들었어요. 이번 반란 진압으로 칠황야와 그의 세력들이 대거 병부에서 축출되었으니 다시는 그런 일이 없을 거예요. 그리고 혈사대 역시 이번에 북경으로 불러들일 생각이니, 악 공자가 그들을 다시 지휘해야 하지 않겠어요?"

"…혈사대를 북경으로 불러들이는 건 남경의 반역도들을 제압하는 데 사용하고자 함입니까?"

"맞아요. 칠황야가 제거되었다곤 하나 남경을 중심으로 한 강남의 반역도들을 모조리 제압하는 건 쉽지 않을 거예요. 건문제가 폐위된 후 그쪽 지방은 줄곧 현 황조의 정통성을 인정하지 않으려 해왔으니까요."

"그렇군요."

악영인이 떨떠름한 표정으로 고개를 끄덕였다.

주목란이 한 말은 정론 그 자체였다.

반박의 여지가 조금도 없었다.

그러나 그녀는 왠지 자신이 주목란에게 속는 것 같은 기분이 들었다. 어쩐지 이현으로부터 자신을 고의적으로 떼어놓으려는 속셈이란 생각이 들었던 것이다.

악영인의 그 같은 속내를 읽었음인가?

주목란이 어깨를 살짝 추어 보이며 말했다.

"악 공자… 아니, 악 소저가 이 대가에 대해서 어떤 마음을 품고 있는지 저도 잘 알아요."

"아니, 그건… 그러니까……."

악영인이 얼굴을 다시 붉히며 뭐라고 변명하려다가 입을 다물었다. 다시 주목란에게서 흘러나오는 박력에 짓눌려 버린 것이다.

"악 소저, 나는 황실의 여인이에요. 한 사내를 혼자서 독차지할 생각 같은 건 하지 않으니까 걱정할 필요 없어요. 아니면, 악 소저는 혼자서 이 대가를 독차지하고 싶은 건가요?"

"……."

"만약 그런 생각을 하고 있다면 앞으로 마음 아플 일이 많을 거예요. 날 제외하더라도 이 대가에게 마음을 품은 여인이 더 있으니까요."

'모용 소저…….'

악영인이 강동제일미녀이자 여태까지 자신이 봤던 여자 중 최고의 미녀인 모용조경을 떠올리며 내심 한숨지었다. 눈앞의 주목란만 해도 강적 중의 강적인데, 모용조경에겐 대책 자체가 떠오르지 않았다. 그만큼 모용조경의 빼어난 용모만큼은 인정하지 않을 수 없었기 때문이다.

그때 갑자기 우울함이 가득한 표정이 된 악영인을 향해 다시 미소 지은 주목란이 말했다.

"그런데 좀 웃기군요. 당사자인 이 대가의 속내는 생각지도 않고 우리끼리 이런 대화를 나누고 있으니 말이에요."

"저, 정말 그렇습니다."

"그러니 우리 다시 국가대사에 대해 논하도록 해요. 음! 이렇게 하도록 하죠. 악 소저가 혈사대주로 복귀해서 남경을 평정하는 데 선봉장을 하는 동안 나는 이 대가에게서 손을 떼겠어요."

"정말 그리하시겠습니까?"

"물론이에요. 그리고 거기에 더해 모용 소저도 그동안 이 대가의 곁에서 떨어지게 할 거예요."

"그건 어떻게?"

"그야 악 소저가 이끄는 혈사대가 부상을 당한 모용 소저를 고소 모용가로 호송하면 되지 않겠어요?"

"아하!"

악영인이 언제 우울한 표정을 지었냐는 듯 환해진 표정으로 탄성을 발했다. 주목란이 내놓은 계책에 가슴이 탁 트이는 기분이 들었다.

그러자 주목란이 특유의 갈색 눈동자를 반짝이며 첨언했다.

"물론 그냥은 안 돼요."

"예?"

"악 소저는 반드시 고소 모용가를 이번 남경 원정에 끌어들여야 해요. 고소 모용가가 비록 근래 퇴락했다곤 하나 강동과 강남 쪽에서 아주 오래된 대호족이니, 반드시 남경 원정에 큰 도움이 될 거예요."

"……."

악영인의 입이 저절로 벌어졌다.

눈앞의 주목란!

역시 대단한 여인이다. 군주라는 고귀한 신분을 떠나 오로지 실력만으로 금의위의 진무사란 막중한 자리에 올랐음이 분명했다.

\*　　　　　\*　　　　　\*

청연장을 떠난 이현은 빠른 걸음으로 북경성의 골목을 걸어갔다.

여전히 삼엄한 경계가 펼쳐져 있는 북경성!

족히 수천 명이 넘는 병사들이 북경성의 내부를 무리 지어 돌아다니고 있었으나 이현은 전혀 신경 쓰지 않았다. 그에겐 주목란에게 건네받은 금의위의 천호패가 있었기 때문이다.

이현은 북경성의 골목을 몇 개나 지나 이 층 크기의 평범한 객점 앞에 도달했다.

명운객점!

북궁창성에게 얘기 들었던 것과 동일한 이름, 동일한 형태의 객점을 눈으로 살핀 이현이 천리전음의 수법을 펼쳤다. 이 객점에 유숙하고 있는 북궁창성을 불러내기 위함이었다.

그러자 얼마 지나지 않아 객점 밖으로 북궁창성이 모습을 드러냈다.

여전히 잘생긴 모습.

"아, 이 사형!"

북궁창성이 주변을 두리번거리다 다가오자 이현이 미미하게 고개를 끄덕여 보였다.

"꽤 괜찮은 객점을 잡았군?"

"예, 나쁘지 않은 숙소입니다."

"그런데 바로 풀었던 짐을 싸야 하게 생겼군."

"예? 혹시 북경에 문제가 발생한 것입니까?"

북경성 인근에 도착했을 때, 이미 난이 벌어진 사실을 알고 있던 북궁창성의 표정이 심각해졌다. 이현이 직접 자신의 처소를 찾아와 이런 말을 하는 이유가 있으리라 생각한 것이다.

이현이 고개를 끄덕였다.

"뭐, 대충 비슷해. 그러니까 지금 당장 객점 안으로 들어가서 짐을 싸도록 해. 내일 날이 밝자마자 나와 북경성을 떠나야 하니까."

"역시 대과 초시가 무기한 연기된다는 소문은 사실이었던 것이로군요?"

"그래."

이현이 담담한 대답과 함께 품속에서 자단목으로 된 나무갑을 꺼내 북궁창성에게 내밀었다.

"이건……."

"소림사의 대환단이야."

"…예?"

무림에서 가장 유명한 영단묘약을 받아든 북궁창성의 눈이 두 배쯤 커졌다.


소림사 대환단!


무당파의 태청단, 화산파의 자소단과 함께 정파 삼대 영약 중 하나이다.

그 공효는 무궁무진하다 알려져, 일반인이 복용하면 몇 년의 젊음을 되찾고 무병장수할 수 있으며, 무림인은 십 년의 내공력을 얻을 수 있다고 한다.

게다가 여러 가지 질병이나 내상에도 탁월한 효능이 있어서 무림인이라면 누구나 복용하길 희망하는 영약 중의 영약이라할 수 있었다.

당연히 대환단은 소림사 내에서도 매우 중하게 다뤄져서 밖으로 유출되는 일이 거의 없다. 제조 방법이 매우 힘들기도하려니와 혹시 보물을 탐하는 자들이 살육전을 벌일 우려가있었기 때문이다.

북궁창성이 대환단과 관련된 위와 같은 사실을 빠르게 머릿속에 떠올리고 있을 때였다.

한산한 주변 거리로 시선을 던지며 이현이 무심한 듯 자세하게 설명했다.

"내가 낮에 보니까 북궁 사제는 이제 천형의 절맥증에서 완전히 벗어난 것 같더군."

"이 사형 덕분입니다."

"그래, 다 내 덕분이지."

"……."

"그런데 애석하게도 북궁 사제는 절맥증을 너무 오래 앓아서 기경팔맥과 십이정경이 모두 손상을 받은 상태야. 북궁 사제의 빼어난 두뇌와 자질로도 향후 북궁세가의 무공을 완전히 익힐 수 없는 몸이 된 거지. 그래서 내가 몸소 황궁무고에 들어가서 이 소림사의 대환단을 가져온 거야."

"화, 황궁무고를 들어가셨다고요? 설마 무단으로 들어가신 건……."

"에이, 북궁 사제도 날 너무 과대평가하는군! 내가 아무리 간이 배 밖으로 나왔다고 해도 자금성의 금지 중 금지인 황궁무고를 어떻게 무단으로 들어가겠어?"

"…그럼 어떻게?"

"주 군주가 있잖아!"

"아!"

북궁창성이 나직이 탄성을 발했다. 군주이자 금의위 진무사인 주목란의 도움으로 이현이 황궁무고에 들어갈 수 있었다고 착각한 것이다.

그러나 사정은 오히려 반대였다.

이현은 검치 노철령이 선정한 '북경지난' 평정의 일등 공신 중 한 명이었다.

게다가 어전비무대회의 생사결에 참가한 자들 중 조준과 더불어 거의 유일한 공신이기도 했다.

그 점을 난이 끝난 후 이현은 강하게 주장했고, 검치 노철령은 귀찮다는 표정으로 어전비무대회 우승자의 부상인 황궁무고 출입을 허가해 줬다. 어차피 조정에 입조할 생각이 전혀 없는 이현에게 뭔가 내줘야 할 필요성을 느꼈기 때문이다.

어찌 됐든 그런 과정을 통해 이현은 소림사 대환단을 얻었고, 그중 하나를 지금 북궁창성에게 건넸다. 오랜 절맥증으로 손상당한 그의 기경팔맥과 십이정경을 빠르게 회복시키고, 내공 역시 증진시켜 주기 위함이었다.

'이번 북궁세가행은 어쩌면 북궁 사제한테 중대한 도전이자 시련이 될 것이다! 그때 제 목숨이나마 지킬 수 있게 만들어 놔야 하지 않겠어?'

이현이 북궁창성을 향해 눈을 번뜩였다.

그와 함께 북궁세가로 가는 동안 죽도록 굴리기로 마음먹은 것이다.

오싹!

북궁창성이 이현에게서 느껴지는 기묘한 한기에 몸을 가볍게 떨어 보였다. 소림사의 대환단이라는 보물을 줘놓고 왜 이렇게 무서운 기운을 발하고 있는 것일까?

슥!

내심 의구심을 느끼면서도 북궁창성은 얼른 대환단이 든 자단목 상자를 품에 집어넣었다. 이런 보물, 쉽사리 얻을 수 있는 게 아니다. 일단 받았으니 챙기고 보는 게 옳았다.

이현이 설명하듯 말했다.

"오늘 밤 자정이 되기 전에 대환단을 복용한 후 북궁세가의 소천신공을 12차례 대주천시키도록 해!"

"이 사형, 외람되나 저는 아직 내공이 미천하여 대주천을 완벽하게 이루지 못했습니다."

"대환단을 복용한 후엔 달라질 거야. 확실하게 대주천을 할 수 있을 테니까 걱정할 것 없어."

"그렇군요……."

"그럼 내일 새벽에 다시 이곳으로 찾아올 테니, 그때 보자구!"

"…예, 알겠습니다."

북궁창성이 정중하게 배례하는 사이 이현이 그의 곁을 떠나갔다. 갑자기 급한 볼일이 생겼기 때문이다.

＊          ＊          ＊

"여어!"

이현이 손을 들어 보이자 삼 층 누각의 지붕 위에 쭈그려 앉아 있던 조준이 시선을 돌렸다.

평소처럼 감정을 읽기 힘든 투명한 눈동자!

잠시뿐이었다.

곧 조준의 눈동자가 창공의 매처럼 응축되었다. 눈 속에 담긴 눈동자가 극단적일 정도로 조그맣게 변했다. 마치 하늘을 배회하던 매가 대지 위를 뛰놀고 있는 먹잇감을 발견한 것이나 다름없어 보인다.

그러나 그 역시 찰나에 불과할 뿐.

곧 조준의 작게 응축되었던 눈이 빠르게 본래의 크기로 돌아갔다.

'역시 곧바로 날 찾아왔군. 마치 내 부름에 응하기라도 한 것처럼 말이야. 하지만 이곳은 보는 눈이 너무 많다고 생각하지 않나?'

조준의 눈 속에 담긴 생각을 읽기라도 한 것처럼 이현이 천천히 고개를 끄덕여 보였다.

"성 밖으로 나갈까?"

"그러지."

조준이 대답과 함께 삼 층 누각에서 곧바로 신형을 날렸다.

"새끼가 또 말 짧게 한다!"

이현이 한차례 인상을 써 보이고 그의 뒤를 따랐다.


잠시 후.

앞서거니 뒤서거니 하며 이현과 조준이 도착한 곳은 북경성 인근의 야산, 봉황타였다.

근래 일어난 난의 영향으로 북경성 주변의 사통팔달(四通八

達)한 대로는 모조리 통제되었으나 이곳만은 예외였다. 북경성에서 죽은 자들 중 대부분의 장례가 치러지는 북망산(北邙山) 같은 장소였기 때문이다.

이현이 봉황타의 범상치 않은 분위기를 둘러보고 목 근처를 손가락으로 긁적였다.

"땅 전체에 시취(尸臭)와 음기가 가득하잖아? 이거 내가 당했는걸?"

조준이 어깨를 가볍게 으쓱해 보였다.

"날 찾아왔을 때 이미 우리의 대결은 시작된 것이나 다름없다고 생각하지 않나?"

"그래도 여기서 싸우는 건 내가 너무 불리한데?"

"그래서 다시 대결을 뒤로 미루자는 건가?"

"그럴까?"

너무 쉽게 흘러나온 이현의 대답에 조준이 다시 눈동자를 작게 응축시켰다.

그러자 그의 전신에서 갑자기 확장된 기괴한 그림자!

슥!

이현이 잠영보를 펼쳐서 한 걸음 물러났다.

딱 조준에게서 뻗어 나온 그림자의 영향력으로부터 벗어날 정도만이다.

까닥!

그리고 고개를 한차례 뉘어 보인 이현의 입가에 쓴웃음이 번져 나왔다.

"역시 이번에는 반드시 싸우고야 말겠다는 생각이로군?"

"그럴 작정이다."

"그럼 시간 끌 필요 없겠네. 전력으로 덤벼봐!"

"그 여유, 언제까지 유지할 수 있을지 확인해 보겠다."

"그러든지."

이현이 도발적인 말과 함께 허리에서 왜검을 빼들었다.

스르릉!

느리다.

만검(晩劍)?

발검만 그러했다.

스파앗!

순간, 검갑을 벗어난 이현의 왜검이 기묘한 곡선을 만들어내며 단숨에 자신 앞에서 넘실거리던 그림자를 잘라냈다.

그러자 흡사 실체가 있는 듯 단숨에 일도양단되는 그림자!

파파파팟!

이현의 왜검이 다시 휘둘러졌다.

종횡(縱橫).

사방(四方).

연달아 펼쳐진 검초의 촘촘한 흐름에 일도양단된 그림자가 거짓말처럼 잘게 잘려 나갔다. 극단적일 정도로 작은 조각으로 부서져 버렸다.

슥!

그 사이로 이현이 뛰어들었다.

이형환위?

그보다 훨씬 빠르게 이현은 잠영보를 펼쳤다. 기본적인 변화조차 단순화시켜서 보신경의 속도를 최고의 경지까지 끌어올린 것이다.

푸아악!

조준의 어깨에서 핏물이 솟구쳐 올랐다.

이현의 왜검이 어느새 그의 어깻죽지에 일검을 꽂아 넣은 것이다.

'설마 이렇게 바로 승부를 걸어올 줄이야!'

조준의 응안(鷹眼)이 흔들렸다.

그만큼 뜻밖이었다.

이현의 이 갑작스러운 공격은 말이다.

완전히 허를 찔려 버렸다는 생각이 들었다.

설마 이런 식으로 일체의 본질을 간파해 내는 명왕종의 법술, '응안'에 대응할 줄은 몰랐다.

그때 이현의 왜검이 회전을 보이며 횡으로 휘둘러졌다.

"큭!"

조준이 신음과 함께 상반신을 뒤로 젖혔다. 그 외엔 이현의 상리를 벗어난 검격을 피할 길이 없었기 때문이다.

빙글!

그러자 검격과 반대 방향으로 회전을 보인 이현의 신형.

쾅!

어느새 왜검을 손에서 놓은 이현의 상박(上膊)이 조준의 옆구리로 파고들었다.

이 역시 변형 공격!

투팍!

가까스로 발을 들어 올려 이현의 공격을 막아낸 조준이 균형을 잃고 바닥에 쓰러졌다. 그 정도로 이현의 변형적인 상박 공격에 담긴 기력은 대단했던 것이다.

팍!

조준의 손이 땅을 짚었다.

"옴!"

그리고 조준이 진언을 입에 담자 연이어 공격해 오던 이현의 앞으로 거대한 흙벽이 불쑥 튀어나왔다.

쾅!

이현이 철산고를 이용해 흙벽을 박살 냈다. 여전히 그의 공격은 끝나지 않았다.

"옴!"

조준이 다시 진언을 외웠다.

그러자 이번에는 바위가 날아들었다. 흙벽을 돌파한 이현을 노리며 수십 개가 넘는 크고 작은 크기의 바위가 직격을 가했다. 흡사 거대한 거인이 돌팔매를 한 것이나 다름없는 형국!

그러나 어느새 이현의 손에는 다시 왜검이 들려져 있었다.

잠시 손에 놓았던 왜검의 끝에 진기를 실처럼 연결해서 제때 회수한 것이다.

번쩍!

이현의 검이 빛을 발한다.

검강!

거인이 집어 던진 것 같던 바위들이 모조리 파쇄되었다. 아주 작은 조각조차 이현에게 영향을 미치지 못했다. 단숨에 그가 만들어낸 검강지기에 산산조각으로 변했다.

스파앗!

그러고도 검강의 여력은 남아 있었다.

바위의 공격을 단숨에 뚫고서 곧바로 조준을 향해 날아들었다.


천하도도!

천하삼십육검의 절대쾌검식이 검강지기를 형성한 채 단숨에 조준의 코앞까지 파고든 것이다.

아니다.

그대로 그의 몸을 관통해 버렸다.

쩌적!

사람 크기의 바위가 굉음과 함께 쪼개졌다. 방금 전까지 조준이 있던 자리에 거짓말처럼 튀어나온 바위가 그 대신 이현의 천하도도를 받아낸 것이다.

그럼 조준은?

빙글!

이현은 굳이 길게 생각할 것도 없이 수중의 왜검을 돌려서 다시 천하도도를 펼쳐냈다.

다만 이번에는 검강지기는 일으키지 않았다.

그냥 검기(劍技)로만 천하도도를 펼쳤다.

같은 천하도도라도 위력 자체로만 보면 방금 전보다 십분지 일 정도밖엔 안 될 터.

그러나 그만큼 범위가 늘어났다.

은밀함 역시 마찬가지다.

가뜩이나 빠르고 넓은 범위를 공격할 수 있는 천하도도의 특징이 극대화된 것이다.

"극!"

이현의 배후 쪽에서 나직한 신음이 터져 나왔다.

순간적으로 그림자를 이용한 분신환영신으로 검강을 끌어들이고 이현의 배후로 돌아들어 갔던 조준이 다시 검에 맞았다. 우측 옆구리다. 방금 전 이현의 상박이 노렸던 부위와 정확히 일치한다.

스스스슥!

조준이 고통을 참고 다시 분신환영신을 펼쳤다. 재차 날아든 이현의 검기를 피하기 위함이었다.

그러나 그때 직선이던 검기가 다시 바뀌었다.

쩌적!

돌연 벼락처럼 변해 바닥으로 내리꽂혔다. 조준이 움직이려던 바로 그 앞에 말이다.

'정말인가?'

조준이 얼어붙었다.

그는 분신환영신을 펼치고 신형을 이동하려다 일종의 직감을 느꼈다. 명왕종 특유의 예지력이 발동해 그의 발을 잡아끈 것이다.

그리고 그 결과가 바로 눈앞에 드러났다.

예지력의 발동으로 인해 생명을 구한 것이다.

분명 그랬다.

하지만 조준을 얼어붙게 한 건 예지력이 맞은 것 따위가 아니었다.

'내 모든 움직임을 예측하고 있다! 어떻게?'

이해가 안 된다.

그래서 조준은 조금 넋 나간 표정으로 질문했다.

"어떻게 이런 일을 가능케 한 것이오?"

이현이 그제야 천천히 신형을 돌려 세우며 어깨를 가볍게 추어 보였다.

"예측했을 뿐이다."

"예측?"

"네놈의 무공 특성과 성격, 반응 정도에 대한 예측이 이미 내 머릿속에서 끝났다는 뜻이다."

"그런 게······."

"어떻게 가능하냐고?"

"······."

"나니까!"

대놓고 자부심 넘치는 표정을 지어 보인 이현이 오히려 반문했다.

"그보다 용케 내 천하성산을 피해냈구나! 그것도 명왕종의 술법 중 하나인 것이냐?"

'정말 날 죽일 생각이었군.'

조순이 머릿속에 불쑥 튀어나온 미묘한 감정에 문득 놀랐다.

그와 이현은 적이다.

근래 들어 신마맹의 꽤나 많은 대업이 이현 때문에 좌초했고, 향후엔 더욱 그런 일이 많아질 터였다.

당연히 조준은 오늘 이현과의 대결이 단순한 비무라고 생각하지 않았다.

생사의 결전!

분명 그런 독심을 품고서 자신에게 유리한 봉황타로 이현을 유인해 왔다. 이곳에서 그와 마음껏 싸운 후 목숨을 거둘 작정을 하고 있었던 것이다.

그런데 이런 생각을 하고 놀라다니!

조준은 자신의 이율배반적인 생각에 문득 쓴웃음을 떠올렸다. 어쩌면 그와 함께 지내는 동안 약간이나마 동료애 비슷한 게 생겨난 것인지도 모르겠다.

그때 이현이 수중의 왜검을 빙빙 돌리며 말했다.

"뭐, 어찌됐든 이것도 네놈의 복이라면 복이라 해야겠지. 나한테 두 번 덤비고 목숨을 부지한 건 네놈이 처음이니, 그런 줄 알고 고맙게 생각해라!"

"……."

"아, 그리고 이거 줄 테니까 먹고서 부상 치료해라."

이현이 품에서 대환단이 든 목갑을 꺼내 조준에게 던져줬다.

"이건?"

"몸에 좋은 거야. 복용하고 대주천 몇 번 하면 네놈이 입은 부상 정도는 금세 회복될 거다."

'이게 마검협……'

대환단이 든 목갑을 든 채 멍한 표정이 된 조준을 향해 이현이 손을 흔들며 신형을 돌렸다. 더 이상 그와 이런 음침한 산에 머물러 있을 이유가 없다는 판단을 내린 것이다.

그때 조준이 불쑥 말했다.

"마검협!"

이현이 걸음을 멈추고 눈살을 찌푸려 보였다.

"왜?"

"지금 날 죽이지 않으면 후회할지도 모른다!"

"그럼 그때 죽이지."

"그럴 수 있다고 생각하는가?"

"어."

간단명료한 대답과 함께 이현이 신형을 날려 봉황타를 떠나갔다.


\*            \*            \*

슉! 스슉! 슉!

봉황타에 홀로 남은 조준의 배후로 검은 그림자 수십 개가 모습을 드러냈다.

그러나 조준은 한동안 아무런 말도 하지 않았다.

그는 손에 든 목갑만 만지작거리며 봉황타 전체를 휘감고 도는 바람에 몸을 맡기고 있었다.

결국 그림자 중 하나가 입을 열었다.

"천멸사신께서는 어째서 생사멸살진의 발동을 명하지 않으셨습니까?"

"그게 궁금한가?"

"그렇습니다. 천멸사신께서는 분명 이번 기회에 반드시 마검협을 죽여야 한다고 하셨으니까요?"

"그랬지. 다만……."

잠시 말끝을 흐리고 목갑을 다시 만지작거린 조준이 한숨을 내쉬었다.

"…하아! 그냥 내 마음이 변했을 뿐이다. 그리고 생사멸살진을 펼쳤다 한들 마검협을 죽이진 못했을 것이니, 이 일은 다시 재론하지 말라!"

"존명!"

그림자가 복명하면서도 눈 속에 의구심을 담았다.

그가 아는 천멸사신 조준은 강철 같은 의지와 냉철한 이성을 겸비한 신마맹주의 후계자였다.

그래서 그림자가 속한 생사멸살대는 신마맹주의 명을 받아 줄곧 조준을 암중에서 호위해 왔다. 혹시라도 그에게 위해가 될 만한 모든 걸 미리 척살하기 위함이었다.

그러나 이번에 생사멸살대는 자신들의 임무를 수행하는 데 실패했다. 그것도 대실패다. 호위 대상자이자 소주인 조준이 지금 피투성이가 된 채 서 있으니 말이다.

'그런데 그 이유에 대해서 재론치 말라 하니, 어찌해야 할까? 역시 신마맹주님께 이번 일은 알려야 하겠지?'

생사멸살대주가 내심 고민하고 있을 때였다.

문득 한숨을 거둔 조준이 마치 그의 내심을 눈치채기라도 한 듯 말했다.

"맹주님께 오늘 벌어진 일은 일체 함구하도록!"

"하오나 그건……."

"명령이다! 아니면 앞으로 생사멸살대 전부가 날 따르지 못하게 돼도 좋겠나?"

"…함구하도록 하겠습니다."

"좋아."

짤막한 대답과 함께 조준이 다시 품속의 목갑을 쓰다듬으며 이현이 떠나간 방향을 바라봤다.

무슨 생각에 잠긴 것일까?

아니, 앞으로 어찌할 작정인 걸까?

생사멸살대주의 의문 속에 그렇게 잠시 더 봉황타에 머물러 있던 조준이 문득 걸음을 옮기기 시작했다.

저벅! 저벅! 저벅!

그러자 갑자기 그를 중심으로 일어난 작은 소용돌이!

이는 봉황타에 매장된 무수히 많은 시신의 백(魄)들이 한꺼번에 몰려들면서 일어난 기현상이었다. 땅속에서 불쑥불쑥 튀어나온 백들의 기운이 한꺼번에 조준의 몸속으로 뛰어들기 시작한 것이다.

움찔!

생사멸살대주가 자신도 모르게 몸을 떨어 보였다. 백들이 일으킨 소용돌이와 함께 조준의 전신에 나 있던 상처가 놀랍도록 빠른 속도로 아물어가고 있었기 때문이다.

'역시 천멸사신! 신마맹의 차대 계승자다운 모습이로구나!'

감탄?

경외?

그보다는 두려움의 감정에 생사멸살대주는 휩싸였다. 자신이 이해할 수 없는 영역을 목전에 둔 채 어쩔 수 없이 오싹한 소름을 느낄 수밖에 없었다.

그렇게 백여 보 정도를 걸어 부상을 완전히 회복한 조준이 문득 눈살을 찌푸려 보였다.

'그러고 보니, 나는 응안과 분신환영신만으로 마검협을 상대했다. 만약 생사필멸지공을 완성했다면 적어도 오늘 같은 대패는 당하지 않았을 텐데……'

순식간에 중상을 당했던 자신의 몸을 회복시킨 생사필멸지공을 떠올리며 조준은 내심 쓰게 웃었다.

아직 부족한 생사필멸지공을 보충하기 위해서 그는 이현과의 전장을 이곳 봉황타로 설정했다. 근래 북경지난으로 죽은 자들의 상당수가 이곳으로 옮겨져 매장되었다는 걸 알고 있었기 때문이다.

당연히 봉황타는 현재 북경 인근에서 생생한 백이 가장 왕성한 장소였고, 미완인 상태의 생사필멸지공의 허점을 보완하기에 이상적이었다.

즉, 오늘 조준은 이현을 상대로 충분히 생사필멸지공을 사용할 수 있었다. 봉황타에 가득하게 채워진 왕성한 백의 힘을 빌어서 말이다.

그러나 조준의 이 같은 계책은 이현에게 바로 간파되었다.

그에게 지적당했다.

그래서 조준은 생사필멸지공을 곧바로 사용하길 주저했고, 그 찰나의 틈을 파고든 이현에게 비참하게 패하고 말았다.

스스로조차 간파하지 못했던 아주 작은 마음의 틈!

망설임 없이 그곳을 공략한 이현에게 완패를 당해 버렸다.

어떻게 그럴 수 있었을까?

의혹에 빠진 조준에게 이현은 마치 스승처럼 가르침을 내려 줬다. 그의 방식대로 조준이 저지른 중대한 실수를 말해주고, 엄한 경고를 몸에 남겨주었다.

'…그리고 상처에 쓰라고 영약까지 건네줬다.'

다시 목갑에 손을 댄 조준이 내심 고개를 가로저었다.

문득 깨달았다.

자신이 어째서 생사필멸지공을 이현에게 펼치지 않았는지 에 대해서 말이다.

'나는 마검협을 무시했다. 그가 심마에 빠져서 약해진 걸 알고, 전력을 다해 손을 쓰고 싶지 않았던 것이다. 그리고 마 검협 역시 그 점을 알고 있었다. 기다렸다는 듯 내 그 같은 빈 틈을 찌르고 들어올 정도로.'

두 사람이 가진 마음가짐의 차이!

오늘 무학의 차이를 훨씬 뛰어넘는 결과를 만들어냈다. 조 준 평생에 가장 뼈아픈 패배를 안겨준 것이다.

그리고 또 하나!

조준은 다시금 확신할 수 있었다.


마검협 이현!

종남파 역사상 최강의 고수이자 당대 천하제일인 운검진인의 유일한 맞수라고 알려져 있는 절대의 고수!

그는 여전히 심마에 빠져 있었다. 한번 상대한 자의 약점을 바로 깨닫고 파훼법을 알아내는 천재적인 무(武)의 재능과는 별개로 말이다.

'하지만 현재의 나는 그런 마검협에게 처참하게 패배를 당했다! 마음가짐과 무학, 모든 점에서 그에게 완패를 당하고 말았어! 그러니 이젠 오랫동안 미뤄뒀던 선택에 대한 결정을 내려야만 한다!'

그렇게 속으로 중얼거린 조준이 서서히 서쪽 산등선으로 넘어가기 시작한 태양을 향해 버럭 소리 질렀다.

"우아아아아아아아!"

그가 명왕종의 술사와 신마맹의 천멸사신 사이에 걸쳐 있던 삶 중 하나의 끈을 포기하는 순간이었다. 둘 중 어떤 것의 끈을 놓았는지, 아직은 알 수 없었지만.

第八章

나는 종남파의 마검협이다

"우아아아아아아!"

이현은 북경성으로 신형을 날리다 잠시 발걸음을 멈추고 고개를 돌렸다.

봉황타 쪽에서 울려 퍼지는 사자후에 담긴 마성(魔性)이 은 근히 신경 쓰인다. 그의 발걸음을 멈추게 할 정도의 강력함과 파괴적인 기운이 담겨 있었기 때문이다.

그러나 그것도 잠시뿐.

툭! 툭!

뒷목을 노인네처럼 몇 차례 두들기며 고개를 돌린 이현은 다시 북경성을 향해 신형을 날렸다.

조준과의 대결에서 느낀 기묘한 기운!

그것은 과거 사막에서 만났던 명왕종의 술사에게서 느꼈던 것과는 사뭇 달랐다.

무언가에 오염된 듯한 느낌이랄까?

그래서인지 방금 전 봉황타에서 그는 술사와 싸우는 게 아니라 흡사 마공을 익힌 마인을 상대하는 것 같은 느낌을 조준에게서 받았다.

냉정하게 조준의 무공을 격파하던 와중에 극심한 살기를 느꼈을 만큼 강렬하게 말이다.

그래서 이현은 최후의 순간, 조준에게 가하려던 강력한 일격을 거둬들였다.

그를 죽이는 걸 포기했다.

그에게서 느낀 기묘한 기운. 그래, 마기라 할 수 있는 기운에 자신이 어느새 영향을 받았음을 깨달았다. 냉정하게 적의 무공을 파훼하던 와중임에도 마음이 크게 흔들리고 말았다.

심마!

그것이 여전히 이현을 괴롭히고 있었다.

스스로의 살심을 제어하지 못해 강제로 억제해야 할 만큼.

그래서 그는 이번에도 조준이 발산한 마성의 울부짖음을 무시하기로 했다.

지금과 같은 상황에서 그와 다시 만나고 싶지 않았다.

종전처럼 제어를 벗어난 심마가 일으킨 살기를 억누를 자신이 없었기 때문이다.

'그리고 조준 그 자식, 아직은 죽이고 싶지 않단 말이야!'

스스로에게 변명하는 이현의 입가에 문득 씁쓸한 미소가 떠오르고 있었다.


이현이 청연장으로 돌아온 건 저녁이 다 되어서였다.

잠시 행선지를 고민하다 곧장 자신의 처소로 향하던 이현의 발걸음이 멈췄다.

그의 처소 앞, 어둠 속을 환하게 밝히며 섬세하고 매혹적인 자태의 절세미녀가 서성거리고 있었다.


천룡검후 모용조경!


강동 무림을 떠들썩하게 만든 여인, 백 년 전 천하제일가인 고소 모용가의 후계자가 바로 그 절세미녀였다.

그녀는 지금 이현의 처소 앞에 홀로 서 있었다. 아직 생사결에서 당한 부상이 완전히 회복되지 않아 창백한 안색을 한 채 이현이 돌아오길 기다리고 있는 것이다.

붕글!

이현은 문득 마음이 움직이는 걸 느끼며 모용조경을 불렀다.

"모용 소저, 아직 부상이 완쾌하지 않았으니 무리하면 안 되오."

"아⋯⋯."

모용조경이 창백한 볼을 살짝 붉혔다. 꽤나 오래전부터 기다리고 있던 사람을 만났는데, 왠지 부끄러운 감정이 앞선다. 몰래 도둑질을 하다가 걸린 것만 같다.

그러나 그것도 잠시뿐.

모용조경은 강동 무림을 뒤흔들었던 천룡검후답게 곧 내심의 부끄러움을 털어냈다.

"⋯이 공자님은 제 마음을 정녕 모르시는 건가요?"

움찔!

이현의 안색이 살짝 굳었다. 여인의 자존심 따윈 내동댕이친 모용조경의 돌직구에 당황하고 만 것이다.

모용조경의 한숨이 내걸렸다.

"하아! 여전히 이 공자님은 마음을 정하지 않으셨군요. 마치 무수히 많은 꽃을 탐하고 돌아다니는 한 마리 나비처럼 말이에요."

"나비?"

"그래요. 나비!"

어느새 모용조경이 언제 부끄러워했냐는 듯 이현을 톡 쏘아붙이고 몇 차례 기침을 터뜨렸다. 애초 이현의 걱정처럼 여전히 부상에서 회복이 덜 된 것이다.

슥!

이현이 얼른 모용조경에게 다가갔다.

와락!

그리고 기침을 하느라 살짝 앞으로 기울어져 있던 그녀의 가느다란 허리를 한 손으로 휘감았다.

"아!"

"잠시 실례하겠소."

이현은 당황하며 저항하려 하는 모용조경을 간단히 제압한 후 그녀의 명문혈에 내력을 불어넣었다. 자신의 강력한 내력을 이용해 모용조경의 운기조상에 들어간 것이다.

그러자 모용조경이 언제 당황했냐는 듯 이현이 수장을 통해 명문혈로 불어넣은 내력을 조심스럽게 받아들였다. 그의 내력에 순응하며 꼬여 있는 기경팔맥으로 진기도인해 들어갔다.

그렇게 얼마나 지났을까?

창백하던 안색이 불그스레하게 변한 모용조경의 입에서 옅은 숨결이 흘러나왔다.

"하아아……."

'달콤하군!'

이현이 코끝을 벌름거려 모용조경의 숨결에 담긴 달짝지근한 향기를 맡고서 내심 고개를 끄덕였다. 자신이 불어넣어 준 내력을 모용조경이 아주 잘 받아들였음을 확인했기 때문이다.

슥!

그가 모용조경에게서 손을 떼었다.

휘청!

그러자 한차례 신형을 비틀거리는 듯하던 모용조경이 곧 안정을 회복했다.

"이 공자님의 도움에 감사드려요."

"별말씀을."

"하지만 아쉽기도 하네요. 이렇게 이 공자님과 떨어지는 것이 말이에요."

"……"

이번에는 이현의 안색이 붉어졌다.

출종남천하마검행을 통해 완성한 부동심에 살짝 균열이 일었다.

진심!

어떤 것도 섞이지 않은 순수한 여인의 정이 만들어낸 기적적인 변화였다.

하물며 그의 눈앞에 서 있는 모용조경.

달빛 아래 여신처럼 서 있는 그녀의 자태는 너무나 아름다워서 현기증이 날 정도였다. 어떠한 미사여구조차 지금 이현의 눈앞에 서 있는 그녀를 제대로 표현할 수 없을 듯했다.

그래서 이현은 저질렀다.

와락!

그는 손을 뻗어 모용조경을 도로 품에 안았다. 그녀의 몸 전체를 통째로 자신의 것으로 만들었다.

"이, 이 공자님……."

"잠시만."

"…예."

모용조경이 이현의 품속에서 귀엽게 고개를 숙여 보였다. 그 어느 때보다 아름답고 순종적으로 이현에게 자신의 모든 의지를 맡긴 것이다.

그렇게 두 사람 사이에 영원 같은 시간이 흘러갔다.

천천히 모용조경의 등을 쓰다듬으며 이현이 내심 한숨을 토해냈다.

'후우! 혹시 이것도 심마의 영향인 건 아닐 테지? 아니어야만 해! 지금의 이 충만감이 그저 마음의 장난일 뿐이라면 정말 화가 날 테니까 말이야!'

진심이다.

진짜로 이현은 그렇게 생각했다.

그러나 근래 심마에 속을 썩이고 있던 터라 이현은 일말의 가능성을 떠올린 것만으로 마음이 식는 걸 느꼈다. 절세미녀인 모용조경의 진심에 불타올랐던 마음속의 불꽃이 빠르게 사그라지기 시작한 것이다.

'운검진인!'

거기에 더해 필생의 목표라 할 수 있는 화산파의 천하제일인을 떠올린 이현의 눈빛이 담담하게 가라앉았다. 품 안의 절세미녀보다 조사동에서 무수히 치렀던 운검진인과의 심상비무 쪽이 더 즐겁고 마음을 흔들었다.

어쩔 수 없는 천생의 무공광다운 변화!

스륵!

품에서 모용조경을 떼어낸 이현이 의아한 표정이 된 그녀에게 나직하게 말했다.

"모용 소저, 밤이 깊었소. 이만 잠자리에 드는 게 좋을 것이오."

"예?"

"내가 모용 소저의 처소까지 데려다 드리리다."

"……."

모용조경의 조각같이 화려하고 아름다운 얼굴이 와락 일그러졌다.

현재 그녀의 속마음?

썩어 문드러지고 있었다.


*　　　　*　　　　*


두두두두두!

북경성을 떠나가는 마차에는 이현, 북궁창성, 소화영, 은야
검. 그리고 해남파의 장문 제자 연서인이 타고 있었다.

앞서의 전말은 이렇다.


날이 밝자마자 이현은 청연장을 나섰다.

생사결이 펼쳐졌던 파양대전에서 얻은 왜검 한 자루.

어깨에 짊어진 작은 봇짐 하나.

북경지난 진압의 최대 수훈자라 할 수 있는 이현이 청연장
을 떠나며 가져가는 짐의 전부였다.

그동안 주목란과 함께 잔뜩 매상을 올려줬던 북경성의 요
리집, 맛집 덕분에 봇짐 안의 내용물은 참 간소했다. 몇 알의
대환단과 은자 몇 냥, 육포 몇 조각 정도가 전부였다.

그렇게 이현이 북궁창성이 머물러 있던 명운객점에 도착했
을 때였다.

마침 객점을 나서던 북궁창성이 이현을 빌견하고 얼른 디가

들었다.

가볍고 안정된 움직임!

한눈에 전날보다 훨씬 비범해지고, 기력이 충만해졌음을 알 수 있다.

"이 사형, 오셨습니까!"

"어. 대주천은 무사히 이룬 것 같군."

"예, 이 사형 덕분에 간밤에 큰 내공의 성취를 이룩했습니다."

"소천신공은 몇 성이나 달성했지?"

"8성 초입에 진입했습니다."

"훌륭하군."

이현이 한 칭찬은 빈말이 아니었다.

북궁세가의 비전 신공인 소천신공은 총 12단계로 나뉘는데, 북궁창성은 얼마 전까지만 해도 5성의 벽을 넘지 못하고 있었다.

그가 이현의 도움으로 천형의 절맥증을 치료하긴 했으나 아무래도 내공의 성취가 부실했다. 본래 소천신공처럼 일가를 이룬 신공절학이란 건 어린 시절, 첫걸음을 떼기 전부터 기초를 다지고 수련에 들어가야만 하기 때문이다.

그러니 스물이 넘어서야 절맥증에서 벗어난 북궁창성은 본래 결코 소천신공을 완성할 수 없어야만 했다.

내공의 기초를 다지는 것만으로도 청년기를 몽땅 투자하고, 그 작은 성취에 만족해야 했을 터였다. 대종사에 버금가는 무학의 깨달음과 천인합일의 내공력을 가진 이현의 도움이 없었다면 말이다.

절맥증이 완치된 후 북궁창성은 이현의 적극적인 도움에 힘입어 곧바로 소천신공에 입문했다. 병약한 과거에도 무학에 대한 끈을 놓지 않았던 북궁창성의 의지가 낳은 일종의 기적이라 할 수 있었다.

그러나 북궁창성의 소천신공은 최근까지 5성의 경지에서 정체되어 있었다. 늦은 나이에 신공에 입문한 걸 감안하면 그것만으로도 충분히 대단한 성취였으나 북궁창성은 성에 차지 않는 느낌이었다.

악영인.

모용조경.

그리고 이현.

세 사람의 놀라운 무공을 수시로 접한 북궁창성이었다. 오랫동안 그를 억눌렀던 절맥증의 저주에서 벗어난 이상 마음이 급해지지 않을 수 없었다. 죽을 각오로 무공에 전념하여 향후 위의 세 사람과 어깨를 나란히 하는 경지에 오르고 싶었기 때문이다.

그런데 어제 그는 드디어 기대한 벽과 같이 느껴지던 소천신공의 5성을 뛰어넘어 단숨에 8성 초입에 진입했다. 이현에게 건네받은 소림사의 지보 대환단의 도움을 받았다곤 하나 내심 뿌듯하지 않다면 단연코 거짓말일 터였다.

이현의 칭찬에 북궁창성이 겸연쩍은 표정으로 안색을 상기시켰다.

창피하면서도 기쁘다!

평생 이만큼 기뻤던 적이 없었던 것 같다!

현재 솔직한 북궁창성의 내심이었다.

그때 객점 안에서 짐을 짊어진 소화영과 은야검이 모습을 드러냈다.

두 사람은 북궁창성과 얘기를 나누는 이현을 보고 얼른 다가와 정중하게 허리를 숙여 보였다.

숭인학관에서 줄곧 이현에게 괴롭힘을 당했던 소화영은 조금 못마땅한 표정이었으나 은야검의 태도는 무척이나 정중했다. 전날 이현이 그의 목숨을 구해주고, 본국검해본을 전해줬다는 걸 뒤늦게 전해 들었기 때문이다.

이현이 슬쩍 웃어 보였다.

"건강한 것 같아서 보기 좋군. 도시락은 맛있게 쌌겠지?"

소화영이 입술을 살짝 내밀었다.

"이 공자님은 그저 도시락만 중요하군요."

"소 소저의 도시락이 무척 맛있거든."

"쳇!"

나직이 혀를 차면서도 그리 싫지 않은 표정이 된 소화영이 이맛살을 찌푸린 채 말했다.

"북경성에 도착한 지 며칠 되지도 않았는데 어째서 섬서성으로 다시 돌아가자고 하시는 거죠?"

"대과가 연기됐거든. 무기한으로 말야."

"단지 그 이유 때문은 아닌 것 같은데요?"

"알고 싶어?"

"예!"

"구족이 몰살당하는 걸 각오하고서도?"

"……."

소화영이 자신은 천애고아에 사고무친(四顧無親)이라 구족 따윈 알지도 못한다고 말하려다 움찔 놀란 표정이 되었다. 북궁창성과 은야검 모두 아주 심각한 표정을 지어 보이고 있음을 눈치챘기 때문이다.

'쳇! 이 공자 말대로 될 리가 없잖아! 남자들이 쫄기는!'

내심 투덜거리면서도 소화영은 살래살래 고개를 흔들어 보였다.

대세에 거슬리지 않는 것!

소화영이 북궁세가의 무사로 살면서도 얻은 가장 큰 교훈이었다.

'역시 아직 이들에겐 화산파의 봉문과 북궁세가주의 사망 소식이 전달되지 않았구나!'

내심 이현이 눈을 빛내고 있을 때였다.

다각! 다각!

한산한 새벽의 북경 대로로 큼지막한 마차가 달려왔다. 어자석에 앉아 있는 건 연서인이었다.

"워! 워!"

이현 일행 앞에서 능숙하게 마차를 세운 연서인이 활기찬 표정으로 말했다.

"마침 모두 모여 계셨군요. 곧 북경성의 성문이 열릴 시각이니, 어서 마차에 오르세요!"

"설마?"

"예, 주 군주님께서 이 공자님의 시녀로 절 파견하셨으니, 마음껏 부려 주시면 되겠네요."

"그 말 정말이오?"

"정말 그럴 작정이신가요?"

"뭐, 나는 본래 남의 호의를 거절하는 데 익숙지 않은 사람인지라……."

"제 호의는 잘도 거절하시지 않았나요?"

"…아, 어제는 갑자기 바쁜 일이 생겨서 그런 것이오."

"그럼 차후에 다시 제 호의를 받아주시겠어요?"

"물론이오."

"약속했다!"

활발하게 소리친 연서인이 다시 마차에 오르기를 재촉했다. 그녀의 말대로 곧 성문이 열릴 시간이었기 때문이다.

'주 군주가 그냥 보내줄 거라곤 생각하지 않았지만 설마 심복인 연 소저를 붙일 줄이야!'

여전히 어자석에서 마차를 몰고 있는 연서인을 떠올리며 이현은 내심 고개를 흔들었다.

연서인은 청연장에 머무는 동안 연홍이란 가명으로 이현의 시녀 역할을 수행했다. 자신의 무공 실력을 철저히 숨긴 채 더할 나위 없이 훌륭하게 시녀 노릇을 한 것이다.

그래서 이현은 그녀에게 공격을 당할 때 가장 크게 당황했다.

그만큼 완전히 속았기 때문이다.

그래서 후일 연서인이 해남파 장문인의 의발전인이라는 사실을 알고서 내심 탄복했다. 중원의 변방에 존재하는 해남도에서 세력을 키운 해남파의 무공은 결코 구대문파에 떨어지지 않았다. 부상국에서 툭하면 해적질을 하러 몰려오는 왜구들과 오랫동안 피투성이 싸움을 하면서 독자적이고 실전적인 검법을 발전시켰기 때문이다.

당연히 연서인의 신분은 꽤 존귀했다.

해남파의 차대 장문인이 될 사람이라고 봐도 무방한 것이다.

'그런데 그런 연 소저와 해남파의 정예를 금의위로 끌어들이다니, 정말 주 군주의 능력은 상상을 초월하는구나!'

내심 주목란을 떠올리며 다시 고개를 흔든 이현에게 북궁창성이 조심스러운 표정으로 입을 열었다.

"이 사형, 소제 궁금한 점이 있는데 질문해도 되겠습니까?"

"모용 소저에 대해서 묻고 싶은 거야?"

"아, 아니, 그건……."

북궁창성이 당황해서 말을 더듬었다. 이현이 모용조경을 언급하리라곤 상상조차 하지 못했기 때문이다.

그러자 소화영이 이현을 노려봤다.

"이 공자님, 어째서 북궁 공자님한테 그렇게 경박하게 구시는 거예요!"

"내가 경박해?"

"그래요! 경박해요! 그리고 사형!"

소화영이 날선 시선을 던지자 은야검이 움찔 놀란 표정이 되었다.

"왜? 왜 그러는데?"

[모용 소저에 대한 얘기, 사형이 이 공자한테 했죠!]

전음으로 파고든 소화영의 질타에 은야검이 다시 몸을 떨어 보였다. 그녀의 말대로 점심 무렵에 도시락을 까먹다가 이현에게 모용조경에 대해 물어보며 북궁창성의 속내를 은연중 흘렸기 때문이다.

[나는 그냥 북궁 공자님의 정인에 대해 알아보고 싶었을 뿐인데……]

[그걸 왜 사형이 신경 써요! 게다가 북궁 공자님은 모용 소저를 그렇게 깊게 생각하지 않으신다구요!]

[…그건 사매가 잘못 생각하고 있는 것 같아.]

[뭐라고요!]

날 선 시선 속에 서슬 퍼런 기운을 담기 시작한 소화영의 기세에 눌린 은야검이 목을 거북이처럼 쑥 집어넣었다. 잠영쌍위로 정말 오랫동안 함께해 왔으나 이렇게 무서운 소화영은 처음 보는 바였다.

그렇게 전 잠영쌍위가 전음으로 설전을 벌이고 있는 동안 이현은 화제를 전환했다.

"그래서 북궁 사제는 뭐가 궁금한 거지?"

북궁창성이 달아오른 얼굴을 수습하고 조심스럽게 말했다.

"이 사형께서 북경을 떠나 섬서성으로 향하는 정확한 이유를 아직 소제, 듣지 못했습니다."

"그랬었나?"

"예, 그렇습니다."

단호한 북궁창성의 대답에 이현이 잠시 고민했다.

섬서성을 뒤흔들어 놓을 이(二)대 사건!

하나는 화산파의 봉문이고, 다른 하나는 천하제일세가 서패 북궁세가주 천풍신도왕 북궁인걸의 죽음이었다. 수천 리나 떨어진 북경에서 주목란은 그 놀라운 사실을 듣고 이현을 찾아왔다. 그에게 북궁세가로 조문을 가서 섬서성 일대의 무림 상황에 대해 알아봐 달라는 부탁과 함께 말이다.

그래서 이현은 고민이 되었다.

눈앞의 북궁창성이 바로 천풍신도왕 북궁인걸의 아들이었기 때문이다.

'아직 천풍신도왕의 죽음을 말하는 건 이르다. 주 군주를 믿지 못하는 건 아니나 쉽사리 그의 죽음을 입에 담기엔 사안이 너무 중대하니까. 그리고 북궁 사제는 대환단을 복용한 후 빠르게 소천신공의 경지가 오르고 있는데, 지금 굳이 마음을 동요케 할 이유는 없겠지.'

어디까지나 무공광의 관점으로 결론을 내린 이현이 담담하게 말했다.

"북궁 사제, 아니, 창성아! 나는 종남파의 마검협이다."

"선배님!"

북궁창성이 나직한 탄성과 함께 경의를 담아 이현에게 공수했다.

"그다지 놀란 것 같지 않구나?"

북궁창성이 공수를 풀고서 말했다.

"종남파의 친구들이 마검협 선배님을 찾아서 청양에 왔다는 말을 들었습니다."

"그 녀석들이 이미 눈치챘군. 남운 녀석이 아니라 전채연 고계집애가 알아낸 걸 테지?"

"선배님의 말씀대로입니다."

"흠."

이현이 손가락으로 턱을 매만졌다. 전채연에게 자신의 정체가 들통났으니, 지금쯤 종남파에서 사형들이 청양으로 잔뜩 몰려가 있을 거라 생각한 것이다.

북궁창성이 다시 조심스러워진 표정으로 말했다.

"선배님은 염려하지 않으셔도 될 것 같습니다."

"왜?"

"전 소저는 숭인상단에서 남 소협과 함께 지내는 걸 꽤나 마음에 들어 하고 있었습니다."

"즉, 종남파에서 날 찾으러 사형들이 몰려오지 않았다는 뜻이냐?"

"적어도 제가 숭인학관을 떠날 때까신 그랬습니다."

"그거 잘됐군."

천천히 고개를 끄덕여 보인 후 이현이 화제를 돌려 첨언했다.

"그래서 말인데, 화산파가 봉문을 했다고 하더라."

"예?"

"에엣!"

"으헉!"

기함을 터뜨린 건 북궁창성뿐이 아니었다. 느닷없는 이현의 폭탄 발언에 티격태격하길 멈춘 소화영과 은야검 역시 대경실색하여 소리를 질렀다.

당연하다.

그럴 수밖에 없었다.


화산파!


누가 뭐라 해도 당금 섬서성 제일의 문파였다. 수십 년이 넘게 천하제일인이 존재했던 문파이니 지극히 당연하다고 할 수 있었다.

그래서 천하제일세가라 불리는 서패 북궁세가에서도 화산파에게 만큼은 항상 한발 양보해 왔다. 선대 가주인 천하제일도 북궁휘가 운검진인에게 사적으로 무공을 사사받은 인연이 있었기 때문이다.

그런데 그런 화산파가 봉문을 했다니, 어찌 북궁세가의 무사인 세 사람이 놀라지 않을 수 있겠는가.

북궁창성이 가장 먼저 본래의 침착함을 회복한 후 미간을 찌푸려 보였다.

"선배님께서는 그래서 저희들과 함께 북경을 떠나 섬서성으로 향하게 되신 거로군요?"

소화영이 끼어들었다.

"북궁세가의 힘이 필요할 테니까요!"

"사매, 그건 왜?"

"바보 같기는! 화산파가 봉문을 했다는 건 천하제일인의 신변에 문제가 발생했다는 뜻이잖아요?"

"그야 그렇지."

"그럼 어떤 문파가 가장 먼저 움직이겠어요? 당연히 우리 북궁세가하고 종남파잖아요!"

"아하!"

은야검이 나직이 탄성을 발했다. 비로소 소화영이 이현에게 한 말의 의미를 깨달았기 때문이다.

이현이 퉁명스레 말했다.

"종남파 앞에 북궁세가의 이름을 먼저 언급하는구나. 감히 내 앞에서 말이야."

"아, 그건……."

"잘못한 걸 알았으면 벌을 받아야지!"

"…버, 벌이요?"

"그래, 내일 점심때까지 도시락 세 개를 종류별로 싸서 가져오너라. 각 도시락의 반찬은 반드시 세 가지여야 하고, 겹치지 않도록 유념해야만 하느니라."

'이 인간이!'

소화영이 이현을 얄밉다는 듯 노려봤다. 이런 상황에서 자신의 잇속을 분명히 챙기려 하는 그의 모습에 내심 분노한 것이다.

그러자 은야검이 그녀의 옆구리를 쿡 찔렀다.

[사매, 상대는 마검협이다!]

'아참! 그랬지!'

소화영이 얼른 이현을 노려보기를 그만뒀다. 그리고 더할 나위 없이 공손해진 표정으로 고개를 숙여 보였다.

"예, 소녀 소화영, 선배님의 분부대로 하겠나이다!"

"그 말투, 좋아! 앞으로 항상 그렇게 공손하거라!"

"예……."

소화영이 다시 울컥거리기 시작한 내심을 짓누른 채 고개를 조아렸다.

이현이 그런 소화영을 향해 슬쩍 웃어 보이고, 북궁창성에게 말했다.

"창성아, 비검비선대회에 대해서 알고 있느냐?"

"예, 알고 있습니다."

"그럼 내가 어째서 갑자기 섬서성으로 향하고 있는지 역시 알 수 있을 테지?"

"그건……."

북궁창성이 '종남파에 찾아가서 향후의 일을 논의한다'는 정석적인 대답을 하려다 잠시 말끝을 흐렸다. 그동안 그가 자신의 정체를 숨기고 있었던 점을 감안하면 곧바로 종남파로 향하지 않을 가능성이 있다고 생각했기 때문이다.

그렇다면 어떤 식으로 대답해야 할까?

따악!

고심에 빠져 있던 북궁창성이 갑자기 이현에게 머리를 한 대 얻어맞고 휘청거렸다.

종종 얻어맞곤 하던 딱밤과는 위력 자체가 다르다.

순식간에 자신의 소천신공의 호신기를 관통하고 파고든 이현의 일격에 북구창성은 정신이 혼미해졌다.

"꺄악!"

"이 공자님!"

소화영과 은야검이 거의 동시에 비명을 지르며 북궁창성을 향해 달려들려다 모조리 튕겨져 날아갔다. 일시 이현이 방출한 호신깅기에 마차의 반대편 벽까지 밀려나 버린 것이다.

그때 북궁창성이 얼른 손을 들어 보였다.

"별일 아니니, 두 분은 그대로 계십시오!"

"북궁 공자님, 괘, 괜찮으신가요?"

어느새 눈물까지 글썽해져 질문하는 소화영에게 북궁창성이 고개를 끄덕여 보였다.

실제로 그의 호신기를 뚫고 들어온 이현의 일격은 곧 자취를 감춰 버렸다. 뒤늦게 발동한 소천신공의 진기가 갑자기 우왕좌왕할 정도로 갑작스럽게 말이다.

그래서 북궁창성은 오히려 진기의 불순함을 느꼈다. 팔 성 초입에 도달한 소천신공의 진기가 목표를 잃고 방황하던 중 스스로 자해하기 시작한 것이다.

이는 북궁창성으로선 극히 당황스러운 일이었다.

명문 중의 명문인 북궁세가의 가전신공인 소천신공이다.

수백 년간 무수히 많은 가문의 명인(名人)들에 의해 갈고 닦여진 이 절세의 신공이 허점을 드러낼 줄이야. 그것도 타 문파의 인물에게 받은 일격 때문에.

북궁창성이 갑자기 골똘히 생각에 잠긴 표정이 되자 이현이 다시 주먹을 들어 올렸다.

흠칫!

이번엔 북궁창성이 곧바로 반응을 보였다.

파팟!

그의 수장이 다시 자신의 머리를 노리며 떨어져 내린 이현의 주먹을 교차하며 방어해 냈다. 거의 무의식중에 북궁세가의 소천산수를 펼쳐낸 것이다.

그러나 이번엔 아예 이현의 주먹 자체가 자취를 감춰 버렸다.

아니다.

자취를 감춘 것 역시 허상(虛想)이다.

애초에 이현의 두 번째 주먹 자체가 존재하지 않았기 때문이다.

스륵!

깨달음과 동시에 북궁창성이 소천산수의 방어식을 거둬들였다.

그러자 이현의 입가에 흐뭇한 미소가 번져 나온다.

'과연 천재로구나! 이렇게 빨리 장벽 중 하나를 허물어 버리다니, 꽤 대견해!'

장벽!

바로 무공이 일정 이상 상승했을 때 정체되는 현상을 일컫는다. 무림에서 일반적으로 무학의 단계로 나누는 일류, 절정, 초절정, 절대지경에 오르기 전 만나곤 하는 일종의 진입장벽이라 할 수 있었다.

그런 점에 비추어 볼 때 현재의 북궁창성은 이현이 준 대환단의 도움으로 단숨에 무공이 일류의 경지에 올랐다. 그가 절맥중에서 완치되고 무학을 본격적으로 익힌 기간을 생각하면 상상을 초월할 정도의 성취라 할 수 있겠다.

그러나 이현은 부족함을 느꼈다.

곧 그에게 닥쳐올 시련!

그 시련에 허물어지지 않고 이겨낼 힘!

그걸 아주 빠르게 북궁창성에게 전해주고 싶었다.

'그래야 하나의 커다란 그릇이 채 완성되기도 전에 깨지는 걸 방비할 수 있으리라 봤는데… 내 오판이었던 것 같군. 창성이 녀석은 내가 생각했던 것보다 훨씬 큰 그릇이니까 말이야.'

내심 고개를 끄덕여 보인 이현이 어느새 눈빛에 담담한 정광을 담고 있는 북궁창성에게 말했다.

"벽은 깼느냐?"

"선배님 덕분에 소천신공이 팔 성에서 벗어날 수……."

"그래, 됐다!"

이현이 계속 이어지려는 북궁창성의 설명과 상찬(賞讚)의 말을 중간에 끊었다. 그에게 그런 말 따위를 듣고자 손을 쓴 게 아니기 때문이다.

이현이 다시 물었다.

"그럼, 말해보거라. 어째서 내가 섬서성으로 급히 향하고 있는지."

"그건……."

"생각하려 하지 말고 즉답을 하거라!"

다시 호통을 들은 북궁창성이 크게 깨달은 표정으로 즉시 답했다.

"…본가 때문입니다! 바로 북궁세가 때문에 선배님은 급히 북경성을 떠나 섬서성으로 향하고 있는 겁니다!"

"에에!"

"조용히!"

놀라 소리 지르는 소화영의 소매를 은야검이 얼른 잡아당겼다. 지금 이현과 북궁창성의 대화에 끼어들어선 안 된다는 판단을 내렸기 때문이다.

북궁창성이 설명하듯 첨언했다.

"소생, 어려서부터 마검협 선배님께서 행한 출종남천하마검행을 선망하며 지내왔습니다. 아버님께서도 만약 후일에라도 운검진인을 뛰어넘을 자가 있다면 단연코 마검협 선배님일 거라 말씀하셨습니다."

"……."

"그런 선배님께서 운검진인과의 비무가 달린 비검비선대회가 얼마 남지 않은 이때 일개 학사의 삶을 택한 건 그만큼 중요한 이유가 있기 때문일 겁니다. 사문인 종남파의 존장들에게조차 밝히지 못할 만큼 말입니다."

"……."

"그러니 화산파의 갑작스러운 봉문은 비록 놀랄 만한 일이
긴 하나 선배님으로 하여금 학사의 길을 포기하게 할 순 없습
니다. 제가 알고 있는 마검협 선배님은 단 한 번도 비무에서
도망친 적이 없는 분이니까요. 그래서 저는 맨 처음 종남파
역시 문제가 발생했다고 생각했으나 곧 있을 수 없는 일이란
걸 알았습니다."

"그건 어째서지?"

북궁창성이 작심하고 설명을 시작한 후 처음으로 이현이 질
문했다. 명석한 두뇌의 소유자인 그가 어디까지 자신과 현 섬
서 무림의 정세에 대해 파악했는지 확인하고 싶었기 때문이다.

북궁창성이 침을 한차례 삼킨 후 말을 이었다.

"제 생각에 만약 종남파에 문제가 발생했다면 마검협 선배
님은 지금 우리와 함께하고 있지 않았을 겁니다. 천하제일인
과의 비무마저 도외시한 채 집중하고 있던 학업을 포기할 정
도로 중대한 사태가 사문에 발생한 것일 테니까요."

"……."

"그래서 저는 당황했습니다. 제 예측이 맞다고 믿고 싶지
않았기 때문입니다. 그래서 선배님께 묻고 싶습니다. 저희 가
문, 북궁세가에는 지금 무슨 일이 벌어진 것입니까?"

긴 설명의 끝.

이현에게 한 차례 머리를 얻어맞고, 깨우침을 얻은 후에야 본심을 드러낸 북궁창성을 이현이 기특하다는 듯 바라봤다. 찬찬히 그의 결연한 눈빛과 단정해진 자세를 눈으로 더듬어 갔다. 진짜로 그가 준비되어 있는지를 확인하기 위함이었다.

'쓸데없는 걱정이었던 것 같군.'

내심 자신의 오지랖을 탓한 이현이 북궁창성에게 말했다.

"네 말대로다. 내가 북경에서 전해 들은 바에 의하면 화산파가 봉문된 것과 버금가는 흉사가 북궁세가에서 벌어졌다."

"그건……."

"그건 바로……."

그때 열심히 마차를 몰고 있던 연서인이 경호성을 터뜨렸다.

"관도 저편에서 꽤 많은 수의 무림인들이 달려오고 있어요! 어떻게 할까요?"

이현이 눈살을 찌푸리며 연서인 쪽으로 고개를 돌렸다.

"…연 소저, 굳이 이때 소리칠 것까진 없잖소?"

"하지만 정말 상당한 숫자라구요! 설마하니 연약한 저 혼자서 수십 명이 넘는 고수들을 상대하길 바라시는 건 아닐 테지요?"

"하긴 연 소저는 여럿이서 한 사람을 합공하는 게 특기였던 것 같긴 하오."

"아직도 날 원망하시는 건가요?"

"식사 한 끼 대접 정도로 풀리기엔 내 마음의 상처가 그리

쉽게 가라앉지 않을 것 같소만?"

"쳇! 옹졸하긴!"

"아! 다시 상처가 아파오기 시작한다!"

"그만해요! 식사 정도는 앞으로 계속 사줄게요! 누가 안 산다고 했나?"

"음! 이제야 좀 나아지는 것 같군."

소화영이 이현과 연서인 쪽을 번갈아 바라보며 내심 고개를 절레절레 흔들었다.

'또 다른 가련한 영혼이 악마에게 걸려들었구나! 가엾은 지고! 가엾은지고!'

소화영이 내심 불경을 외우듯 경건하게 중얼거리고 있을 때였다.

덜컥!

순간, 달리는 마차의 문을 연 이현이 한줄기 바람으로 변했다. 연서인이 말한 관도 저편에서 북경 방향으로 달려오고 있는 무림인들의 정체를 파악하기 위함이었다.

第九章

태상가주 북궁휘의 등장!

북경으로 향하는 관도.

보름 전 서패 북궁세가를 출발한 창룡전병대(蒼龍戰兵隊)는 전력을 다해 신형을 날리고 있었다.

그들 중 선두에서 달리던 북궁세가 3대 무투 부대 중 하나인 창룡전병대의 대주 창룡척멸검 담패진이 문득 눈에 이채를 담았다.

'광풍? 군대라도 달려오는 건가?'

담패진은 곧바로 자신이 떠올린 생각을 접었다.

이곳은 중원 천하의 중심인 북경으로 향히는 관도였다. 근래 시절이 뒤숭숭해서 미리 관부 쪽에 줄을 대서 알아본 바, 광풍이 일 정도의 군대의 이동은 수일 간 존재하지 않았다. 인근의 모든 정예 부대들은 일찌감치 북경성으로 집결해 있는 상태였기 때문이다.

그렇다면 저 광풍의 정체는 무얼까?

담패진은 길게 생각하지 않고 자신의 본능에 따르기로 했다.

슉!

그의 손이 치켜 올라가자 빠르게 신형을 날리고 있던 창룡전병대가 곧바로 반응을 보였다.

슉! 스스스스슉!

창룡전병대 중에서도 정예만 추려져 소집된 만큼 그들의 움직임은 일사불란하고 거침없었다. 담패진을 따르던 수십 인이 빠르게 일종의 진세를 펼쳐냈다.


쌍첨양인진(雙尖兩刃陣)!


서패 북궁세가를 대표하는 공격진이다.

그 위력은 그야말로 섬서성 제일이자 사패 최강!

만약 호북성의 무당파나 하남성의 소림사가 자랑하는 오행검진이나 십팔나한진이 아니라면 감히 북궁세가의 쌍첨양인진을 경시할 진법은 존재치 않을 터였다.

그때 단숨에 쌍첨양인진을 형성한 수하들을 뒤로하고 빠르게 신형을 앞으로 날린 담패진이 벼락같이 일성대갈을 터뜨렸다.

"멈추시오!"

그의 일성대갈에는 강력한 내력이 담겨져 있었다. 광풍을 일으키며 관도 위를 달려오고 있는 존재에게 자신의 존재감을 있는 그대로 드러내기 위함이었다.

그러자 거짓말처럼 광풍이 사라졌다.

슥!

그리고 그 광풍 속에서 불쑥 한 명의 청년이 튀어나왔다. 얼마 전 마차를 떠난 이현이었다.

'쌍첨양인진? 이거 우연 맞나?'

이현이 자신을 향해 일성대갈을 한 담패진과 그의 배후에 펼쳐진 쌍첨양인진을 확인하고 고개를 갸웃해 보였다. 북경을 떠난 지 수일밖에 되지 않은 터에 북궁세가의 정예를 만나자 의아한 생각이 들었던 것이다.

'쌍첨양인진이라… 조금 냄새가 나는데? 일단 확인이나 해 볼까?'

내심 이채를 발한 이현이 걸음을 천천히 해 광풍의 여파에서 완전히 빠져나오고 나서 말했다.

"나는 숭인학관의 이현이다. 너희들은 혹시 북궁세가에서 온 것이냐?"

"숭인학관의 이현!"

담패진이 크게 놀란 표정이 되었다. 그와 같은 3대 무투 부대의 대주인 잠영은밀대주 참마도협 북궁한성에게 이현의 불가사의한 무학 실력에 대해 들은 바 있었기 때문이다.

게다가 현재 그는 북경으로 북궁창성을 찾아가는 중이었다. 북궁창성과 함께 숭인학관에서 유학하고 있는 이현을 보고 마음이 움직이지 않을 수 없었다.

슥!

다시 손을 들어서 쌍첨양인진의 살기를 절반 이하로 떨어뜨린 담패진이 빠른 걸음으로 이현에게 걸어가 공수해 보였다.

"본인은 북궁세가의 담패진이라 합니다! 혹시 방금 전에 무례를 범했다면 용서해 주시기 바랍니다!"

'담패진? 저자가 바로 북궁세가의 십대고수 중 유일하게 도를 사용하지 않는 창룡척멸검이로구만.'

천하제일세가로 불리는 서패 북궁세가의 가전무공 중 최강은 누가 뭐라 해도 창파도법이다. 그 외에 몇 가지 절세의 신공이 존재하긴 하나 북궁세가의 절정 이상급 고수라면 무조건 창파도법을 익히고 있었다. 눈앞에 있는 창룡척멸검 담패진을 제외하면 말이다.

당연히 담패진이란 존재는 북궁세가에서도 꽤나 이례적이었다. 북궁의 혈족이 아니면서 북궁세가의 십대고수에 올랐고, 3대 무투 부대의 대주를 역임하고 있었기 때문이다.

내심 빠르게 담패진과 관련된 기억을 떠올린 이현이 천천히 고개를 끄덕여 보였다.

"창룡척멸검이로구나!"

'나에 대해 알고 있으면서도 하대를 하는가…….'

담패진은 자신보다 한참이나 어려 보이는 이현의 담담한 대답에 살짝 눈살이 찌푸려졌다.


북궁세가의 십대고수!


세상에 알려져 있는 그의 위치는 그야말로 존귀했다. 설사 구대문파 정도 되는 명문의 장로라 해도 쉽사리 하대할 수 없을 터였다.

하물며 담패진의 진정한 무위는 북궁세가에서도 세 손가락에 들었다. 그렇기에 북궁 일족이 아님에도 지금의 위치에 오를 수 있었다. 같은 서열이라 할 수 있는 북궁한성보다 명백하게 한 수 위의 고수인 것이다.

이현이 그 같은 담패진의 불편한 기색을 눈치챈 듯 피식 웃어 보였다.

"겉으로 보이는 것보다 내 나이가 좀 많다. 북궁세가에 대해서도 그다지 좋은 감정은 없고 말야."

"…그게 무슨 뜻이오?"

"말 그대로다."

무뚝뚝한 말과 함께 이현이 손가락을 가볍게 튕겨 보이며 눈을 가늘게 만들어 보였다.

"북경에는 무슨 이유로 가고 있었던 것이냐?"

"그건… 비밀이오!"

"그 비밀, 혹시 북궁창성하고 관계된 일이냐?"

슥! 스스스슥!

담패진의 명령이 없었음에도 그의 배후에서 진을 치고 있던 창룡전병대의 정예가 미묘한 변화를 일으켰다. 빠르게 이동하여 순식간에 이현의 배후를 막아버린 것이다.

담패진이 차갑게 가라앉은 시선으로 말했다.

"귀하에게 묻겠소. 혹시 이공자의 행방에 대해서 알고 계신 것이오?"

"어."

'이런 상황에서도 여전히 말이 짧다니!'

연달아 이현에게 무시를 당했다 여긴 담패진의 인상이 험상궂게 변했다. 그동안 북궁한성에게 들은 말이 있어 참았으나 점점 인내력이 한계를 드러내는 기분이었다. 아무리 살펴

봐도 이현의 외양은 결코 약관을 넘어 보이지 않았기 때문이다.

이현은 개의치 않았다.

자신을 포위한 창룡전병대의 쌍첨양인진의 기세를 한차례 둘러보고 그가 말했다.

"그래서 날 공격이라도 하겠다는 것이냐?"

"이제부터 귀하가 내놓는 대답에 따라 달라질 것이오!"

"나는 그냥 공격해도 상관없는데?"

뚜득!

담패진이 주먹을 꽉 쥐었다. 이현이 입을 열 때마다 속이 몇 번씩이나 뒤집히는 것 같았다. 그의 사십 평생에 이렇게 얄밉고 미운 인물이 있었는지 궁금했다.

그런데 그렇게 담패진이 분노에 안색을 딱딱하게 굳힌 것과 동시에 이현이 움직였다.

슥!

잠영보로 빠르게 담패진과의 간격을 좁혀 들어온 이현의 수장이 그의 복부로 날아들었다.

"감히!"

담패진이 버럭 소리 지르며 역시 보신경을 펼쳐냈다. 이현에서 허를 찔리긴 했으나 북궁세가의 십대고수답게 곧바로 당해 버리진 않았다. 독문의 보신경의 절초를 펼쳐서 이현의 手

장을 피하며 이형환위로 분신을 일으켰다.

그러나 여기까지 이미 이현은 예측하고 있었다.

파팍!

그의 발이 기괴한 각도를 형성한 채 담패진이 만들어낸 분신을 깨부쉈다.

회심퇴!

뒤이어 벽운천강수가 다시 방향을 바꿔야만 했던 담패진의 어깨로 떨어져 내렸다.

퍽!

"큭!"

담패진이 신음과 함께 한쪽 어깨를 허물어뜨렸다. 이현의 벽운천강수를 허용한 어깨에서 힘을 빼면서 허리를 튕겨냈다. 그렇게 함으로써 그의 벽운천강수에 담긴 힘을 분산시키고, 허리에 찬 검을 뽑을 여유를 갖기 위함이었다.

패앵!

검이 뽑혀 나왔다.

쭈욱!

그리고 그 검이 이현의 옆구리를 향해 날카로운 검기를 쏟아내었다.

'훌륭한 발검식!'

이현이 내심 칭찬하며 신형을 공중으로 띄워 올렸다. 그렇게 허리로 파고든 담패진의 검기를 피해냈다.

당연히 그것만으로 끝일 리 없다.

파곽!

순간적으로 담패진의 머리 위까지 뛰어오른 이현의 슬격이 정확하게 그의 태양혈을 가격했다.

빡!

"컥!"

담패진이 비명을 토해내는 순간에도 수중의 검을 직각으로 뻗어서 이현의 턱을 노렸다. 아래에서 위로 검기를 밀어 올려서 공중에 뜬 상태인 이현의 얼굴을 두 조각으로 쪼개 버리려 했다. 이현의 슬격에 의식을 잃어버리기 전 마지막으로 짜낸 동귀어진의 공격이었다.

그러나 애석하게도 그의 상대는 이현이었다.

콰득!

이현의 발끝이 담패진의 반대편 어깨를 걷어차며 뒤로 회전했다.

쉬악!

그렇게 담패진의 마지막 발악적인 저항은 허무하게 끝났다.

털썩!

그가 바닥에 고꾸라졌다.

슥!

이현이 그 앞에 사뿐히 떨어져 내렸다. 그리고 여전히 쌍첨 양인진으로 주변을 포위하고 있던 창룡전병대를 향해 손가락을 까닥거려 보인다.

"뭘 기다리고 있냐? 덤비지 않고!"

"우와아아!"

"우와아아!"

쌍첨양인진의 두 가닥 칼날로 변한 창룡전병대가 이현을 노리며 달려들었다. 대주인 담패진을 구하기 위해서 전력을 다해 진의 힘을 쏟아낸 것이다.

*　　　　*　　　　*

"워! 워어! 워!"

연서인은 말의 고삐를 솜씨 좋게 잡아당겨서 맹렬하게 질주하던 마차를 멈춰 세웠다.

그렇게 마차가 멈추자 마차 문이 열리며 북궁창성, 소화영, 은야검이 차례대로 빠져나왔다. 갑작스럽게 이현이 마차를 떠난 이유에 대해 모두 궁금했기 때문이다.

북궁창성이 놀란 표정이 되었다.

'저들은…….'

소화영은 안색이 창백해져서 소리쳤다.

"맙소사! 이 공자님, 도대체 무슨 짓을 벌이신 거예요!"

그러자 이현이 그들을 돌아보며 씨익 웃어 보였다.

"생각보다 늦었군."

그때 은야검이 갑자기 검을 뽑아든 채 북궁창성 앞을 가로막아 섰다. 아직 완벽하지 않은 좌수검이나 그의 표정에는 비장한 기색이 떠올라 있었다.

"선배님, 어째서 본가의 무사들을 공격하신 것입니까?"

"공격할 만했으니까."

"그게 무슨 뜻이십니까? 설마 저들이 선배님을 먼저 공격했다는 것입니까?"

"아니, 공격은 내가 먼저 했어."

"그런!"

은야검이 시퍼렇게 변한 안색으로 소리치자 이현이 의자 삼아 앉아 있던 담패진의 얼굴을 손으로 치켜올렸다.

"창성아, 이 녀석이 누군지 알겠느냐?"

"그분은 본가의 담패진 대주십니다. 분명히 창룡전병대를 맡고 계셨던 것 같습니다만……."

"그래, 북궁세가의 3대 무투 부대 중 하나인 창룡전병대 대주 담패진이다. 아마 북궁세가에서도 열 손가락 안에 드는 절정고수라지?"

"…그, 그렇습니다."

"그런데 이자가 말이야. 창룡전병대의 정예를 이끌고 북경으로 널 잡으러 왔더라구."

"예? 그게 무슨?"

주변에 비참한 꼴을 한 채 바닥을 기고 있던 창룡전병대 중 한 명이 있는 힘껏 소리 질렀다.

"거짓말! 거짓말입니다!"

다른 자도 소리친다.

"맞습니다! 그 말은 거짓말입니다!"

이현이 그들을 향해 동전을 던졌다.

퍽! 퍽!

방금 전까지 죽어라 떠들어대던 자들이 삽시간에 조용해졌다. 이현이 던진 동전에 아혈이 점혈당해 버렸기 때문이다.

대신 이현이 담패진에게 내력을 주입해서 그의 정신이 돌아오게 만들었다.

"으! 으으으!"

이현이 신음하는 담패진에게 차갑게 말했다.

"엄살 부리지 마라! 나는 꾀병을 부리는 놈을 제일 싫어하니까!"

움찔!

담패진이 몸을 가볍게 떨더니, 곧 신음을 거둬들였다. 처음부터 신음을 흘릴 정도로 심각한 부상을 당한 것이 아니었던 것이다.

이현이 피식 웃어 보였다.

"과연 머리가 나쁜 건 아니로군. 그럼 말이 쉬워지겠어."

"……."

이현이 딱딱해진 안색으로 침묵하고 있는 북궁창성을 힐끔 바라보고 곧바로 담패진을 심문했다.

"담패진, 현재 북궁세가를 장악하고 있는 건 누구지? 그리고 왜 이공자인 북궁창성을 잡으려고 정예를 끌고 온 건지 말해!"

"그건 오해올시다! 내가 북경으로 온 건……."

"북궁세가에 중대한 문제가 발생했기 때문일 테지? 일테면 가주 급사 같은 거 말야!"

"…그, 그걸 어떻게?"

"내게는 북경에 아주 좋은 친구가 있어서 섬서성에서 일어난 몇 가지 변고에 대해서 들을 수 있었지."

"그, 그러시구려. 하면 말이 쉬워지겠소. 나는 본가의 이공자님을 가주님의 장례식에 모시기 위해서 북경으로 향하던 중이었소."

"그 역할을 북궁세가의 십대고수 중 한 명인 담패진 당신이 직접 맡은 이유는 뭔데?"

"그, 그건……."

"그리고 담패진 당신은 휘하에 창룡전병대 정예까지 끌고 왔어. 북경에 대과를 치러 떠난 백면서생 한 명을 데리러 가는 것 치고는 좀 지나친 감이 있다고 생각하지 않나?"

"…그건 절대 지나치지 않소!"

"어째서?"

"그건 말할 수 없소."

"이 자리에서 내 손에 죽어도?"

"어차피 무림이란 약육강식의 세계! 담모가 귀하에게 오늘 일패도지(一敗塗地)했으니 목숨을 내놓는 건 당연한 일일 것이오. 나는 이미 마음의 준비가 끝났으니 귀하는 당장 손을 쓰셔도 좋소이다."

담패진의 완고한 대답에 이현이 눈에 이채를 담았다.

강골! 협기!

그 모든 것을 눈앞의 담패진은 가지고 있었다. 지닌 바 무공의 고강함을 떠나 정파 천하로 불리는 현 무림에서도 꽤 보기 드문 사나이인 것이다.

'그런데 이런 인물이 창성이 때문에 목숨을 걸 정도의 일이 도대체 뭘까? 어쩌면 이번에 북궁세가에서 벌어진 일은 생각 이상으로 복잡할 수도 있겠구만.'

내심 빠르게 생각을 정리한 이현이 수장을 치켜 올렸다. 단숨에 담패진의 머리를 내리쳐서 즉사를 시키려는 기세!

슥!

그때 능숙한 유성삼전도를 펼친 북궁창성이 이현에게 파고
들었다.

파팟!

게다가 그는 쇄금비의 수법으로 동전 하나를 이현의 미간
사이로 집어 던졌다.

위위구조(圍魏救趙)의 수법!

이는 글자 풀이 만으로만 보자면 위나라의 포위 속에서 조
나라를 구한다는 뜻이다. 적의 포위망 속에 든 아군을 구할
때 직접적인 방법보다 적의 약점을 찔러 그 스스로 돌파하도
록 하는 병법의 지고한 수법이기도 하다.

그러나 손자병법으로 유명한 손무의 손자인 손빈의 고사
에서 유래된 이 수법은 무림에서 조금 달리 사용된다. 병법이
뜻하는 바와 비슷하게 적을 공격해서 다른 쪽에 신경 쓰게 하
여 포로가 된 자를 구해내는 방법이라 할 수 있었다.

당연히 이 수법은 반드시 포로와의 합이 무척 중요했다.

위위구조를 펼친 것과 동시에 포로와 구하는 자가 같은 목
적을 가지고 움직여야만 하기 때문이다. 바로 지금처럼 말이
다.

티앙!

이현이 미간으로 날아든 동전을 손가락으로 튕겨낸 것과

동시였다.

파팍!

그때까지 죽음을 각오한 것처럼 보이던 담패진이 바닥을 구르며 이현의 오금을 걷어찼다. 아주 잠깐만에 북궁창성과 담패진이 정확히 합을 맞춰서 연수합공을 펼치게 된 것이다.

툭!

그러자 이현이 발을 들어 올려 오금으로 날아든 담패진의 공격을 방어하고, 수장을 구권으로 변환하여 북궁창성의 턱을 살짝 건드렸다.

덜컥!

그 찰나 간의 동작에 북궁창성의 고개가 뒤로 젖혀졌다. 유성삼전도의 빠른 속도로 인해 이현의 구권이 턱에 격중 되는 걸 피하지 못했기 때문이다.

휘청!

북궁창성이 상반신 전체를 흔들면서도 다시 유성삼전도에 들어갔다. 그렇게 유성삼전도 특유의 분영을 만들며 이현의 배후로 돌아들어 간 것이다.

그리고 담패진!

그는 어느새 신형을 일으켜 세우고 있었다. 검을 빼 들고 있었다. 발검과 함께 정교한 검기를 만들어낸 채 이현의 복부를 찔러 들어오고 있었다.

이 모든 것이 단 한 호흡 만에 벌어진 일!

상황의 급반전이었다.

'제법!'

그래서 이현은 그만 여유를 부리기로 했다.

픽!

따당!

뒤도 돌아보지 않고 내지른 이현의 벽운천강수에 북궁창성이 삼 장 밖으로 날아갔다.

그와 동시다.

발끝을 살짝 오므리며 복부 쪽의 근육을 움직인 이현이 호신강기를 방출해 담패진의 검기를 늦췄다. 배를 그대로 꿰뚫어 버리려던 그의 검기로부터 간단히 자기 자신을 빼낸 것이다. 그리고 손가락을 튕기자 날카로운 기경이 변화하려던 담패진의 검신을 크게 휘어지게 만든다.

"큭!"

여전히 내상이 남아 있던 담패진의 입에서 신음이 터져 나왔다. 무리해서 이현을 공격하다가 오히려 내상이 더욱 심화되고 말았다.

그러나 그 역시 역전의 검객!

새빨리 검을 놓아서 이현의 손가락에서 흘러나온 기경의 영향권에서 벗어난 담패진이 양손 가득 내력을 담았다. 쌍당장의 수법으로 내가중수법을 펼쳐서 이현의 복부에 담긴 호신강기를 부숴 버리려 한 것이다.

"좋다!"

이현이 나직이 탄성을 발하며 오므렸던 발끝으로 바닥에 진각을 일으켰다.

파팍!

그리고 잠영보로 신형을 회전시킨다. 그 회전에 맞춰서 어깨와 등에 강력한 돌진력을 담아서 철산고를 쏟아낸다.

쾅!

담패진이 다시 바닥을 나뒹굴었다. 또다시 이현에게 일패도지하고 만 것이다.

그럼 북궁창성은?

그는 다시 이현에게 유성삼전도로 다가들다가 다리를 걸리고 말았다.

"으헉!"

북궁창성의 신형이 공중으로 붕 떠올랐다. 거의 사람 키 높이 정도로 떠오른 채 몸의 균형이 완전히 무너졌다. 여기서 다시 어떤 반전을 꾀하긴 어려워 보인다.

하나 그 어려운 걸 북궁창성이 이뤄냈다.

촤라락!

순간 북궁창성이 허리에 차고 있던 요대를 풀어냈고, 그 속에 소천신공을 담아 이현을 향해 휘둘렀다. 균형이 무너진 상태에서 임기응변을 펼친 게 아니다.

창파도법!

그중에서도 절초인 풍랑광풍이 이현의 전신을 노리며 휘몰아쳐 갔다. 평범한 요대에 날카로운 기경을 담은 채 대해의 파도가 거대한 광풍에 미친 듯이 폭주하는 것 같은 풍랑광풍의 묘를 시의적절하게 살려낸 것이다.

빙글!

그리고 다시 유성삼전도를 펼쳐서 균형을 잡고 바닥에 내려선 북궁창성이 요대를 휘둘러 연달아 창파도법의 절초를 쏟아냈다. 이현에게 절맥증을 치료받고, 대환단을 얻어먹어 쌓은 소천신공을 마음껏 담아서 그에게 돌려줬다. 흡사 생사대적을 만난 것처럼 자신이 알고 있는 북궁세가의 모든 절학을 아낌없이 쏟아내었다.

스스스스슥!

그런 후 다시 유성삼전도로 이현에게서 물러서자 바닥에 쓰러져 있던 담패진이 크게 대소를 터뜨렸다.

"으하하하하하!"

"……."

소화영이 담패진을 아연실색한 표정으로 바라봤다. 갑자기 이현에게 공격을 가하는 북궁창성의 행동에 그녀는 어찌할 바를 모르고 있었다. 북궁창성의 행동을 이해할 수 없었기 때문이다. 그런데 갑자기 담패진이 상황에 어울리지 않는 대소를 터뜨리자 그녀는 그가 미쳐 버렸다는 생각을 하지 않을 수 없었다.

그때 대소를 멈춘 담패진이 몇 차례 피가 섞인 기침과 함께 자리에서 일어서 북궁창성에게 공수해 보였다.

"북궁세가 창룡전병대주 담패진이 북궁창성 공자께 인사를 올리겠소이다!"

북궁창성이 역시 공수하며 화답했다.

"북궁가의 창성이 담 대주께 감사 인사를 올리겠습니다."

"감사 인사라니요? 당치 않으십니다!"

"미리 드리는 인사입니다. 향후 절 도와주실 분은 담 대주밖엔 없는 것 같으니까요."

"그건……"

"담 대주께서는 방금 전에 제가 북궁가의 절학을 펼치는 걸 보고 파안대소를 터뜨리셨습니다. 그건 아마도 방금 전 위위구조 때 합을 맞춘 것처럼 저와 생각이 같기 때문인 게 아니신지요?"

"…과연 가주님께서 항상 칭찬하던 북궁창성 공자다운 판단이시오! 북궁창성 공자께서 이미 북궁세가의 무공 진전을 훌륭하게 이은 걸 알았으니, 내 속 시원하게 말씀드리겠소이다."

"예, 그리해 주십시오."

"현재 북궁세가는 절체절명의 위난에 빠져 있소이다! 말 그대로 세가 전체가 절멸할 위기에 처해 있다는 것이외다!"

*          *          *

당대 북궁세가의 가주인 천풍신도왕 북궁인걸이 갑자기 급사를 한 건 한 달 전이었다.

느닷없는 가주의 죽음은 천하제일세가라 불리는 북궁세가 전체를 혼돈으로 몰아넣었다. 북궁인걸의 죽음이 알려지자 북궁세가로 방계의 세가원들이 한꺼번에 모여들었고, 곧 대공자이자 소가주인 북궁준영에게 가주직을 승계하기로 중지가 모여졌다.

당연한 일이다.

북궁준영은 올해 서른의 나이로 무공이 이미 절정의 경지에 올라 있었고, 성격 역시 원만하여 세가 전체에 인망이 있었다. 전대 가주인 북궁인걸의 적장자인 것까지 감안하면 특별히 그가 후임 가주에 오르는 데 문제 될 건 전혀 없어 보였다.

그런데 어느 날 갑자기 상황이 급변했다.

북궁세가에서 상상조차 하지 못했던 대격변이 일어났다.

태상가주 북궁휘의 등장!

그는 과거 운검진인과 함께 섬서성을 근거지로 무수히 많
은 전설 같은 일화를 남겼다. 마교의 후신인 대종교의 난을
통해 천하에 이름을 날린 후 수십 년간 천하의 사마외도들의
목숨을 거뒀고, 단 한 번의 패배도 기록하지 않았던 인물이
다.

당연히 천하인들은 어느새 북궁휘를 천하제일도라 부르게
되었고, 은연중 운검진인과 함께 검도쌍신으로 인식했다. 북궁
휘와 운검진인을 동급으로 생각했고, 둘의 대결을 열망하고,
부추기곤 했다.

하나 그 같은 얘기를 들을 때마다 북궁휘는 단호하게 말하
곤 했다. 자신은 운검진인의 적수가 되지 못할뿐더러, 마음 깊
이 그를 존경하고 있다고.

그러던 어느 날 북궁휘는 갑자기 북궁세가의 가주직을 아
들 북궁인걸에게 물려주곤 자취를 감췄다. 세월이 지나도 여
전히 검도쌍신의 대결을 부추기는 세상의 시선으로부터 떠나
있고 싶었던 것이 아닌가 하는 게 담패진의 의견이었다.

그런데 그 북궁휘가 느닷없이 북궁세가에 모습을 드러냈다.

아들 북궁인걸의 죽음을 알고 찾아온 것일까?

북궁세가의 세가원들이 의혹에 빠져 있을 때 북궁휘가 칼을 빼 들고 북궁준영의 목을 베어버렸다. 자신의 칼에 차대가주로 내정되어 있던 장손자의 피를 흠뻑 묻히곤 단호하게 선언했다. 북궁준영이 바로 북궁인걸을 살해한 장본인이라고.

북궁세가는 혼란에 빠졌다.

얼마 전까지 북궁준영을 가주에 올리려 했던 가문 사람들과 태상가주 북궁휘를 따르는 자들 간에 피를 피로 씻는 혈전이 벌어진 것이다.

그러나 태상가주 북궁휘.

그는 여전히 천하제일도였다.

그가 장손자의 피로 물든 장도를 휘두르자 하늘에서 벼락이 떨어졌고, 곧 내전으로 치달으려던 혈전은 종식되었다. 북궁준영 측 세가원들 중 대부분이 순식간에 북궁휘의 칼날에 몰살을 당해 버렸기 때문이다.

"…그렇게 북궁세가는 태상가주님의 손에 들어갔습니다. 무수히 많은 세가원들의 피를 제물로 삼고서 말입니다. 또한 대공자의 목은 효수되어 세가의 현판 위에 매달렸고, 뒤늦게 소식을 듣고 달려온 방계 세가원들과 가모님 측 인사들 역시 마찬가지 운명을 맞이하고 말았지요."

"……."

북궁창성이 침묵 속에 이를 악물었다.

어느덧 그의 입술 사이로 핏물이 진득하게 흘러내린다. 터져 나오려는 분노를 억지로 참다가 입술 사이가 찢어져 버린 것이다.

대공자 북궁준영!

삼 형제 중 맏이.

둘째인 북궁창성에겐 하나밖에 없는 형이다.

어렸을 때는 건강한 몸을 가지고 태어나 무공을 마음껏 익히는 그가 무척이나 부러웠다. 살짝 질투를 느끼기도 했다. 자신이 절대 가질 수 없는 걸 그가 혼자만 몽땅 가졌다고 생각했기 때문이다.

그러나 북궁준영은 좋은 형이었다.

어린 시절부터 천하제일세가의 후계자로서 지독한 소가주 수업을 병행하면서도 병약한 북궁창성을 항상 따뜻하게 대해 줬다. 셋째이자 막내 동생인 북궁진궁이 어려서부터 놀기만 좋아하고, 잡기에 빠져 있던 것과는 정말 딴판인 인중지룡과 같은 사람이었다.

당연히 북궁창성이 아는 북궁준영은 절대 부친 북궁인걸을 모살할 사람이 아니었다. 그럴 이유도 없었고, 그럴 만한 악심이나 독심을 가지고 있지 않았다.

그래서 북궁창성은 속이 뒤집히는 걸 느꼈다.

부친의 갑작스러운 죽음.

큰형 북궁준영의 죽음.

무엇보다 자신의 친손자를 가차없이 죽여 버리고 북궁세가를 혈세한 조부 북궁휘에 대한 분노로 정신이 혼미해질 것 같았다.

"어머님과 진궁이는 어떻게 되었습니까?"

"가모님께서는 가주님이 급사하신 후 충격에 빠져서 모든 세가의 대소사에서 손을 놓으신 상태셨습니다. 그래서 혈겁이 벌어졌을 때 목숨을 잃지는 않으셨으나 대공자가 태상가주님께 죽은 후 정신 착란을 일으키신 걸로 압니다."

"다행이군요."

"예?"

놀란 표정으로 자신을 바라보는 담패진을 향해 북궁창성이 어느새 감정을 평정하고 말했다.

"어머님께서는 당당한 무림세가의 여식이고, 천하에 명성이 드높았던 여협이셨습니다. 본래 무공 역시 빼어난 분이시니 정상적인 상황이었다면 분명히 조부님과 목숨을 걸고 싸우셨을 겁니다. 아버님과 후계자인 형님께서 돌아가신 상황에서 조부님을 제외하면 가장 큰 어른은 단연코 가모인 어머님이십니다. 그분이 조부님과 싸우다가 돌아가셨다면 우리가 북궁세가를 되찾을 가능성은 1푼도 되지 않았을 것입니다."

"과연!"

담패진이 북궁창성의 냉정한 판단에 크게 고개를 끄덕여 보였다.

이현에게 포로가 되었을 때!

순간적으로 북궁창성이 펼친 위위구조의 수법은 다름 아닌 북궁세가 비전의 절기 중 하나였다. 북궁세가의 무공과 병법을 철저하게 숙지한 사람이 아니라면 비슷하게나마 흉내조차 낼 수 없는 매우 고난이도의 대처법이라 할 수 있었다.

그래서 담패진은 자동적으로 북궁창성과 합을 맞췄고, 그가 능수능란하게 펼치는 북궁세가의 신공절학에 감동했다.

병약한 백면서생으로만 알려졌던 북궁창성!

하나 그는 놀랍게도 대공자 북궁준영에게 그렇게 떨어지지 않는 무공 실력을 갖추고 있었다. 북궁세가의 명맥을 잇기에 충분할 정도로 훌륭하게 준비되어져 있었다. 어쩔 수 없이 태상가주 북궁휘의 명령에 따라야만 했던 담패진에게 또 다른 길이 있음을 일깨워 줄 정도로 말이다.

'게다가 이공자는 냉철하기까지 하다. 가주님과 대공자의 죽음과 가모님의 정신 착란 소식을 듣고도 냉정한 상황 파악

이 가능하니 말이야. 역시 이런 이공자의 천성을 가주님은 사랑하셨던 것일 테지…….'

과거 병약한 북궁창성을 진심으로 안타까워하던 가주 북궁인걸을 떠올리며 담패진은 내심 한숨을 내쉬었다. 북궁인걸이 천풍신도왕이란 무명을 얻기 훨씬 이전부터 담패진은 그와 사적으로 막역한 친구 사이였던 것이다.

그때 북궁창성이 말했다.

"담 대주님, 그래서 진궁이는 어찌 되었습니까?"

"삼공자는……."

잠시 인상을 구겨 보인 담패진이 답답한 기색을 감추지 않고 말을 이었다.

"…삼공자는 현재 태상가주님에 의해 소가주에 올랐습니다."

"진궁이가 무사하단 말입니까?"

"예, 삼공자는 무사합니다. 아니, 무사한 정도가 아니라 태상가주님을 철저하게 옹호하고 나서서 소가주에 올랐습니다."

"그놈이 감히!"

第十章

대막… 마신?

　북궁창성이 비로소 분노의 감정을 드러내자 담패진이 역시
화난 표정으로 말을 이었다.

　"게다가 소가주에 오른 삼공자는 곧바로 태상가주님의 비
호하에 북궁세가에 비상령을 내렸습니다. 뒤늦게 가주님의 죽
음을 알고 달려온 세가원과 방계의 하부조직 중 대공자와 친
분이 두터운 자들을 모조리 숙청하기 시작한 것입니다."

　"그렇다면 현재 북궁세가의 가주 권한은 조부님이 행사하고
계시겠군요?"

　"그렇습니다. 이번 비상사태가 끝날 때까시만 임시로 가주

의 전권을 행사하겠다고 하셨으나 현재 남아 있는 세가의 원로 중 누구도 그 말을 있는 그대로 믿지 않고 있습니다. 진짜로 태상가주님에게 사사로운 욕심이 없었다면 일을 이런 식으로 처리하진 않았을 테니까요."

"그렇군요. 그럼 잠영은밀대주는 어찌 되었습니까?"

"북궁한성 대주는 잠영은밀대와 함께 종적을 감춘 상태입니다. 가주님이 돌아가시기 전 내린 밀명을 수행하기 위해서 세가를 떠난 후 그대로 돌아오지 않았습니다. 아마도 태상가주님이 행한 혈겁을 알고 몸을 사린 거라 생각됩니다만……."

"대주님께서 절대 그럴 리가 없습니다!"

버럭 소리 지른 건 소화영이었다.

그녀는 황급히 만류하는 은야검을 밀어내고 담패진에게 달려가 말했다.

"대주님께서는 북궁세가가 위기에 처했을 때 몸을 사릴 분이 아니십니다! 방계의 인물이라곤 하나 가주님의 믿음과 총애를 받아서 어떤 북궁 씨보다 북궁세가의 가전무공을 확실히 익힌 분이시라구요!"

"그래, 그런 북궁한성이 잠영은밀대 정예 갑조와 함께 자취를 감춰 버렸다. 태상가주님한테 대공자가 죽고, 가모님이 정신착란에 빠져 내궁 깊숙한 곳에 유폐가 되었음에도 말이다. 만약 그가 제때 잠영은밀대 갑조와 함께 세가로 돌아왔다면 어쩌면 태상가주님과 삼공자가 저지른 이후의 2차 혈겁은 막을 수도 있었을 텐데……."

"그, 그건……."

소화영이 말문이 막혀 더듬거렸다. 담패진의 한마디 한마디가 차가운 얼음송곳이 되어 그녀의 가슴을 마구 후벼팠다. 평소와 달리 그 잘하던 떼조차 쓰지 못하게 만들었다.

슥!

그때 절반쯤 울 것 같은 표정이 된 소화영의 머리를 이현이 살짝 눌러줬다.

"…아!"

"울 거 없다. 네 상관인 북궁한성은 비겁자도 아니고, 은혜를 모르는 소인배 역시 아니니까."

"그, 그렇죠?"

"어."

소화영에게 한차례 고개를 끄덕여 보인 이현이 북궁창성에게 시선을 던졌다.

"창성아, 네 생각을 말해라!"

북궁창성이 진중한 표정으로 고개를 끄덕여 보였다.

"북궁한성 대주가 잠영은밀대 최고의 정예인 갑조와 함께 종적을 감춘 건 매우 합당한 판단입니다."

"합당한 판단이라니 무슨……."

북궁창성이 담패진의 반박을 손을 들어 막고 말을 이었다.

"북궁한성 대주는 본가 최고의 정보통이고, 잠영은밀대는 비선 중의 비선입니다. 그런 그가 아버님의 죽음과 조부님의 갑작스러운 복귀를 파악하지 못했을 리 만무합니다. 북궁한성 대주. 아니, 어쩌면 아버님께서는 자신의 죽음을 미리 짐작하고 계셨을 겁니다. 그래서 가장 믿음직한 최측근인 북궁한성 대주에게 밀명을 내렸고, 그건 아마도 잠영은밀대의 근간인 모든 비선 조직의 은폐였을 것입니다."

"이공자님, 그건 너무 비약이 심한 것 같습니다만?"

"비약이 아닙니다. 제가 아는 아버님과 북궁한성 대주, 그리고 잠영은밀대의 역량으로 추론해 낸 사실일 뿐입니다. 그리고 같은 방식으로 담 대주 역시 아버님께 밀명을 받았을 거라 생각합니다만?"

"……"

갑작스러운 북궁창성의 질문에 담패진이 잠시 침묵하다 고개를 끄덕여 보였다.

"이공자님의 기재는 정말 대단하십니다! 혹시 가주님이 제게 내린 밀명에 대해서도 아시겠습니까?"

"북궁가 직계 혈손들의 생사를 결정해 달라고 하신 게 아니겠습니까?"

"구해달라거나 도주하게 해달라는 게 아니라 말입니까?"

"예, 아버님께서는 분명 담 대주님께 우리들의 생사를 결정해 달라고 하셨을 겁니다. 북궁창성 대주와 더불어 담 대주님은 아버님께서 가장 믿는 두 사람 중 한 분이시니까요."

"그런 제가 배신을 했다는 생각은 하지 않으십니까? 태상가주님께 붙어서 북경으로 이공자님을 죽이러 가던 중이었다는 의심은 꽤 합리적일 텐데요?"

"그런 식으로 태상가주님을 속이셨을 테지요. 그리고 실제로 절 만났을 때 소문대로 평범한 백면서생이었다면 바로 목숨을 취하셨을 테고요."

"푸하하하하하!"

담패진이 다시 대소를 터뜨렸다. 북궁창성에게 정확하게 자신의 내심을 파악당한 게 꽤나 즐거웠다. 친구이자 상관이었던 천풍신도왕 북궁인걸은 죽었으나 가장 사랑하던 아들이 남았다. 수백 년의 위명이 위태로워진 천하제일세가 서패 북궁세가에 아직 진짜 후계자가 남아 있는 것이다.

그가 대소를 멈추자 북궁창성이 갑자기 이현에게 공수하며 말했다.

"선배님, 화산파가 봉문하고, 북궁세가에 혈겁이 일어났습니다! 섬서 무림 전체에 암운이 드리웠으니, 오로지 희망은 선배님밖엔 없다고 생각합니다!"

"희망? 내가?"

"예, 현재로선 선배님만이 우리, 아니, 섬서 무림 전체의 희망입니다. 수십 년 전부터 천하제일인 운검진인과 명성을 함께했던 천하제일도를 감당할 수 있는 사람은 오로지 종남파의 마검협밖엔 없으니까요."

"마검협!"

담패진이 버럭 소리 질렀다. 평생 동안 이렇게 심하게 놀란 적이 있었나 싶을 만큼 격심한 반응이었다.

그럴 수밖에 없다.

그 역시 섬서성에서 오랫동안 활동해 온 고수인 만큼 꽤나 오래전부터 마검협 이현의 명성을 들어 잘 알고 있었다. 그의 출종남천하마검행은 천하제일인 운검진인과 더불어 섬서 무림인에게 있어선 일종의 자부심이나 다름없었기 때문이다.

당연히 그는 마검협 이현의 용모에 대해 전해지는 다양한 이야기를 전해 들은 바 있었다.

나이는 삼십 대 초반을 넘어 중반을 달려가고 있었고, 얼굴에는 몇 개나 되는 흉터가 남아 있고, 정파인 답지 않은 거친 손속만큼이나 사나운 눈빛은 보는 이의 오금을 저리게 한다는 등등의 이야기 말이다.

그런데 북궁창성에게 마검협으로 지목된 이현은 그중 어떤 것에도 해당되는 사항이 없었다. 북궁창성 같은 미남은 아니나 충분히 여인에게 호감을 줄 수 있는 호남형의 얼굴에 잡티 하나 없는 맑고 투명한 피부, 펑퍼짐한 학사의에 가려진 몸매 역시 꽤나 호리호리해 보인다. 북경에서 다양한 요리로 불렀던 두둑한 뱃살이 생사결과 몇몇의 거친 싸움을 거치며 몽땅 빠져 버렸던 것이다.

'진짜 마검협이라고? 저 백면서생 같은 얼굴을 한 약관도 안 되어 보이는 자가?'

납득이 가지 않는다.

하지만 곧 수긍할 수밖에 없었다.


마검협 이현!


오랫동안 칼날 같은 천험의 화산에서 천하를 오시하던 천하제일인 운검진인의 유일무이한 대항자이다. 적어도 대놓고 그에게 천하제일인의 자리를 내놓으라며 정식으로 비무를 신청한 건 지난 수십 년간 오로지 그밖엔 없었다. 화산파와 종남파 간의 친선 비무대회인 비검비선대회를 전무림적인 흥분의 도가니로 몰아넣은 건 덤이라 해도 말이다.

당연히 마검협의 위엄은 섬서성에서는 거의 절대적이었다.

그와 운검진인의 비검비선대회에 얼마나 많은 무림인이 모일지 가늠이 되지 않을 정도였다. 그만큼 마검협이 출종남천하마검행으로 얻은 명성은 타의 추종을 불허한다고 볼 수 있었다.

'만약 저자가 진짜 마검협이 맞다면 내가 힘 한번 쓰지 못하고 패한 것도 무리는 아닐 것이다!'

생각을 거듭하다 내심 떨떠름한 결론을 내린 담패진이 북궁창성에게 말했다.

"이공자님, 정말 저자가 종남파의 마검협이라는 것입니까?"

북궁창성이 고개를 끄덕여 보였다.

"그렇습니다. 이분이 바로 마검협 선배이십니다."

이현이 얼른 끼어들었다.

"그래, 내가 바로 마검협이다."

"하지만 그 얼굴은……."

"탈태환골했다."

"…탈태환골!"

"그래, 어느 날 갑자기 깨달음을 얻어서 오래된 피부를 벗어버리고 이렇게 말랑말랑하게 변해 버린 거지. 뭐, 그 전에도 그렇게 늙은 건 아니었지만."

"……."

태연자약한 이현의 대꾸에 담패진이 입을 가볍게 벌린 채 잠시 말을 잊어버렸다. 다른 사람도 아닌 마검협에게서 무림에 전설이나 다름없는 탈태환골이란 말이 흘러나오자 마치 꿈을 꾸는 듯한 느낌이 들었던 것이다.

그러나 그것도 잠시뿐.

곧 담패진이 뒤통수를 긁적이며 크게 웃어버렸다.

"푸하하하하! 이거 세상이란 살아볼 만하지 않은가? 저자에 떠도는 설화에서나 들어봤던 탈태환골을 한 기인을 다 만나고 말이야!"

"그래, 내가 그렇게 큰 인물이다. 그러니까 나한테 조금 얻어맞았던 건 고깝게 생각하지 말아라."

"그것과 이건 다른 것 같습니다만?"

"그래서 뒤끝을 남기겠다는 거냐?"

담패진이 이현을 향해 열 손가락을 펼쳐 보였다가 황급하게 식지 하나와 다섯 손가락으로 바꿨다. 아무래도 십 년 가지곤 힘들겠다는 자기 검열에 들어간 것 같다.

"십 년! 아니, 십오 년 뒤에 다시 담모와 상대해 주셨으면 합니다!"

이현이 피식 웃어 보였다.

"그 정도로 되겠냐?"

담패진이 고개를 끄덕여 보였다.

"십오 년으로 안 되면 포기했습니다."

"그럼 그러던가."

이현이 시큰둥하니 대답하고 북궁창성에게 말했다.

"창성아, 그래서 나더러 지금 네 할아버지인 천하제일노 북궁휘 선배를 상대하라는 거냐?"

"그건……."

"잘 생각하고 대답해야 해! 너도 알다시피 나는 한번 싸움에
나서면 언제나 적당히란 걸 모르는 사람이야. 지금부터 네 부
탁 여하에 따라서 내 검은 천하제일도 북궁휘 선배를 향하게
될 테고, 종국에는 북궁세가 전체와 대적하게 될 수도 있어."

"…알고 있습니다."

"그런데도 내 힘을 빌리겠다?"

"그렇습니다."

"복수심 때문이냐?"

"그렇진 않습니다."

"하면?"

"북궁세가를, 아버님께서 사랑하셨던 북궁세가를 지켜내기
위함입니다."

"무엇으로부터 지켜내고자 하는 것이냐?"

"그건 아직 모릅니다. 하지만 반드시 알아내고 말 것입니다!"

강한 기운이 담긴 북궁창성의 대답에 이현이 가볍게 고개
를 끄덕여 보였다.

숭인학관에서 처음 보고 반했던 절세의 기재!

내심 부러워했던 천고의 무골과 천재적인 오성을 동시에 겸
비한 북궁창성은 기질 역시 범상치 않았다. 항상 조용하고 단

정하던 잘생긴 얼굴 이면에 천하제일세가 북궁세가의 불꽃 같은 열정이 내재되어 있었다. 불치의 절맥증으로 무공을 익히지 못하는 몸으로 결코 목도를 놓지 않았던 불굴의 의지가 깃들어 있는 것이다.

그래서 이현은 북궁창성이 좋았다.

그의 절맥증을 치료해 주고, 줄곧 무공 연마를 뒤에서 도와줄 수밖에 없었다.


태어날 때부터 날개가 꺾인 어린 봉황!


그 미숙한 날개를 손수 보듬어주고, 잘 성장시켜서 어린 봉황이 당당하게 창공 위를 나는 모습을 보고 싶었다. 하늘이야말로 어린 봉황이 머물러야 할 공간임을 알고 있었기 때문이다.

'그런데 이제 그 어린 봉황이 자신의 의지로 날갯짓을 하기 시작했구나!'

내심 씨익 웃어 보인 이현이 연서인을 향해 말했다.

"연 소저, 바로 출발하자구!"

연서인이 묻는다.

"목적지는 여전히 섬서성인가요?"

"그래, 섬서성의 서안이야!"

이현의 대답에 북궁창성과 담패진이 동시에 환한 표정이 되었다. 어둠이 자욱하게 드리워진 북궁세가에 한줄기 광명이 드리우기 시작했다. 그리고 그 광명을 원동력 삼아서 북궁세가는 다시 일어날 수 있을 터였다. 분명 그럴 거라고 두 사람은 마음속 깊이 생각하고 있었다.

*       *       *

천하제일 북궁세가!

과거 사패천하를 구가하던 시절, 북궁세가는 서안에 위치해 있었다. 서안성 안에 거대한 세가를 이룬 채로 수백 년의 세월을 보냈던 것이다.

그러나 그 후 무림에는 마교의 후신을 자처하는 대종교의 난을 비롯한 몇 가지 큰 난리가 있었고, 북궁세가 역시 그 영향을 받지 않을 수 없었다.

북궁세가를 공격해 들어온 사마외도의 무리로 인해 서안이 몇 차례나 발칵 뒤집히는 사건 때문에 본가를 다른 곳으로 자연스럽게 이전하게 되었다.

그 후 북궁세가는 서안에서 감숙성 방향으로 조금 내려온 곳에 위치한 고릉(高陵)에 새로운 터를 잡았다. 본래 섬서성뿐만 아니라 감숙성 쪽 세력 확장에도 관심이 많았기에 두 성을 잇는 상단의 가장 큰 집결지인 고릉을 선택했다.

물론 여기에는 섬서 무림의 삼강인 화산파와 종남파에 대한 배려가 있는 게 사실이었다. 일부러 화산파와 종남파가 있는 영역 외의 곳으로 본거지를 옮긴 것이다.

그러자 섬서성 제일의 문파라는 명예를 얻기 위해 화산파와 종남파는 암중으로 치열한 싸움을 벌이게 되었다. 모순되게도 북궁세가라는 커다란 세력이 위치를 옮김으로써 힘의 균형추가 한쪽으로 쏠리게 되었다. 당대의 천하제일인이 있는 화산파 쪽으로 말이다.

덕분에 화산파와 종남파 사이의 격차는 나날이 벌어져 오늘날에 이르게 되었다.

"그렇게 화산파가 섬서제일 문파의 자리를 확고히 하는 동안 고릉으로 본거지를 옮긴 북궁세가 역시 성세가 크게 확장되었어요. 천하제일도 북궁휘의 영도하에 섬서성과 감숙성 간의 교역로에서 날뛰던 마적단과 사파 세력을 모조리 평정해서 막대한 이득을 취하게 된 것이지요. 그리고 그렇게 쌓은 부(富)를 바탕으로 북궁세가는 다른 무림 세가나 문파와 달리 중앙 관계와 상계, 유가 쪽에 인맥을 형성했어요. 그들의 영향력과 입을 통해서 자연스럽게 북궁세가의 앞에 천하제일세가란 말이 붙도록 만든 것이지요."

"가만!"

이현이 갑자기 설명을 끊자 혈갈 진화정이 샐쭉한 표정을 지어 보였다.

그녀는 수일 전 북경에서 주목란의 명을 받고 섬서성으로 돌아왔다. 이현과 함께 움직이며 그를 돕고 있던 연서인이 섬서성의 밑바닥 정보와 정서를 잘 아는 사람을 요청했고, 적임자로 그녀가 낙찰되었기 때문이다.

'그런데 하필이면 마검협의 일을 도와야 하다니! 정말 내 팔자도 기구하고, 또 기구하구나!'

내심 한탄하는 진화정에게 이현이 말했다.

"진 대랑, 방금 전의 설명은 지나치게 편향되어 있다고 생각하지 않아?"

"어, 어떤 것이 편향되었다는 건가요? 혹시 화산파와 종남파 간의 세력 다툼 때문에……."

"그건 맞아!"

"…하오면?"

"북궁세가!"

"……."

"북궁세가가 이곳저곳에 돈을 뿌려서 천하제일세가란 위명을 산 것처럼 묘사했잖아? 그건 누가 봐도 편향된 거 아닌가?"

"아아, 그거요!"

"그래, 그거!"

내심 이현이 화산파와 종남파 간의 분쟁 상황에 대해서 딴 죽을 걸지 않은 것에 안도하며 진화정이 말을 이었다.

"이 공자님의 말씀대로 현재 북궁세가는 명실상부한 천하제 일세가입니다. 어느 누구도 그 점에 대해서 뭐라고 하지 못할 정도로요. 하지만 처음부터 그랬던 건 아니랍니다."

"다른 사패를 말하는 건가?"

"예, 한 갑자(60년) 전만 해도 천하는 사패천하라 불리고 있 었어요. 그 후 화산파에서 천하제일인이 나왔고, 여러 대사건 들이 벌어져서 무림의 판도가 바뀌긴 했어도 십여 년 전까지 사패는 거의 비등한 힘과 세력을 유지했어요. 그런데 그런 상 황에서 북궁세가가 천하제일세가라 불리게 되었으니, 그건 분 명 소첩이 앞서 말했던 공작의 영향이라 생각합니다."

"뭐, 딴은 그렇군."

천천히 고개를 끄덕여 보인 이현이 손가락을 빙글거리며 돌 렸다. 다음으로 넘어가자는 뜻이다.

"그렇게 천하제일세가의 자리를 얻은 북궁세가는 그 후 꽤 나 많은 도전에 직면하게 돼요. 천하제일이란 이름의 마력이 죠. 화산파의 운검진인에겐 감히 도전하지 못하는 무림 명숙 과 고수들이 북궁세가로 몰려들었고, 모두 천하제일도 북궁휘 대협의 칼 앞에 패배하고 말았어요. 놀랍게도 수십 년긴 북궁휘 대협은 불패의 전적을 쌓았고, 그렇게 북궁세가는 오롯한 천하제일세가로 천하에 우뚝 서게 된 거예요."

"그런데 그 북궁세가를 천하제일세가로 만든 북궁휘 선배가 갑자기 자취를 감춰 버렸지. 자신의 후계를 독자인 천풍신도왕 북궁인걸에게 넘기라는 밀지 한 장만을 남기고 말이야."

"예, 정확하세요."

"그럼 여기서 질문! 북궁휘 선배는 도대체 무슨 일이 생겨서 북궁세가를 떠나간 것이지?"

"거기에 대해선 여러 가지 설이 분분하지만 가장 유력한 건 두 가지예요."

"하나는 화산파의 운검진인에게 찾아가 비무를 요청했다가 박살 났다는 것일 테니까 넘어가고. 다른 하나는 뭐지?"

"이 대협도 대종교의 난에 대해서 아시지요?"

"알지."

"현 무림에서는 잘 알려져 있지 않지만 운검진인과 북궁휘 대협은 모두 그 대종교의 난 때 대활약을 하셨어요. 마교의 후신을 자처하던 대종교는 두 분의 활약 덕분에 몰락했고, 잔존 세력은 모두 대막 쪽으로 달아났다고 해요."

"대막?"

"예, 대막이요. 그곳에 대종교의 뿌리인 마교의 성전과 마신(魔神)이라 불리는 불가사의(不可思議)한 존재가 있다고 하더군요."

'대막… 마신?'

이현이 눈살을 찌푸려 보일 때였다. 그의 눈치를 살피며 진화정이 말을 이었다.

"섬서 하오문의 책사들이 오랫동안 수집한 자료를 통해 내린 가설에 의하면 당시 북궁휘 대협은 그 마교의 성전을 찾아 떠난 게 아닌가 해요."

"대종교의 잔당을 없애려고 북궁휘 선배가 떠났다는 건가?"

"그럴 가능성이 상당히 높다는 게 저희 하오문 책사들의 판단이에요. 당시 북궁세가를 떠난 북궁휘 대협의 행적이 마지막으로 확인된 곳이 바로 만리장성이었으니까요."

"…그래서 결론은?"

"저 같은 것이 어찌 결론을 낼 수 있겠습니까? 그저 소첩은 이 대협께 섬서 하오문에서 파악한 사실, 전체를 넘겨드리는 것으로 주 군주님께 받은 소임을 다 했다고 생각합니다."

진화정이 말을 끝낸 후 이현의 눈치를 슬금슬금 살피며 뒤로 물러났다. 혹시라도 성질 나쁜 이현이 몸 사리기에 들어간 자신의 답에 화가 나서 예전처럼 폭력을 행사할까 봐 걱정이 된 것이다.

그러나 이현은 눈살을 찌푸린 채 오로지 침묵에 잠겨 있을 뿐이었다.

'대막… 마신? 설마 명왕종 종단에서 봤던 그 마신상과 관계가 있는 것일까?'

과거 출종남천하마검행 당시 이현은 대막으로 명왕종의 종사를 찾아서 떠난 적이 있었다. 무림을 돌아다니며 고수들과 비무를 하던 중 전해 들은 대막의 절대자에 대한 소문을 확인하기 위함이었다.

그러다 대자연의 광대함과 위대함만을 느끼며 사막에서 죽어갈 때 만난 게 바로 명왕종의 술사였고, 그를 통해서 종단까지 여행한 적이 있었다.

그리고 그곳에서 우연히 보게 된 게 바로 마신상!

중원의 어떤 종교에서도 본 적이 없었던 무시무시한 마기가 잠재되어 있던 신상 앞에서 이현은 기절했다. 순간적으로 마신상이 쏘아낸 마기를 견디지 못하고만 것이다.

그 후 그가 다시 정신을 차린 건 명왕종 술사에게 구원을 받았던 것과 동일한 사막의 한가운데였다.

백일몽(白日夢)?

그런 생각이 들었다.

지난 몇 달간 명왕종 술사를 따라다니며 경험했던 모든 것이 한낱 꿈처럼 느껴졌다. 그렇게 생각하지 않고선 사막에서 깨어나기 전후의 상황이 하나도 납득되지 않았다.

특히 명왕종 종단에서 봤던 마신상!

평생 어떤 것에도 신경 쓰지 않고 살아왔던 이현에게 최초로 강렬한 패배감을 안겨준 그 형이상학적인 존재가 그랬다. 생각을 거듭할수록 점차 흐릿해져 가는 명왕종과 관련된 기억 속에서 그 마신상만은 점차 강렬하게 각인되어 있었다. 마치 처음부터 이현 자신과 하나였던 것처럼 말이다.

'그래서 나는 당시 대막의 사막과 초원을 1년이 넘도록 헤매고 다녔다. 어떻게든 다시 명왕종의 술사를 만나서 내가 경험했던 마신상의 마기가 결코 백일몽 따위가 아니란 걸 확인하고 싶었던 것이다. 하지만 그 후 나는 다시는 예의 명왕종 술사를 만날 수 없었다. 다른 유형의 명왕종 술사들을 만나서 그들과 몇 차례나 대결을 펼친 게 전부였을 뿐.'

한때 자신을 광기로 몰아넣었던 대막에서의 1년간을 떠올리다 이현은 내심 고개를 가로저었다.

여전히 모르겠다.

당시 자신이 만났던 명왕종 술사와 그를 따라가 만났던 마신상의 마기가 어떤 의미, 어떤 존재였는지에 대해서 말이다.

하나 한 가지 분명히 머릿속에 남겨진 사실이 있었다.

너는 아직 준비가 되지 않았다!

명왕종 술사에게 목숨을 구원받았을 때. 그리고 명왕종의 종단에서 마신상을 만났을 때.

연달아 그는 그 같은 목소리를 들었다.

아니, 들은 것 같았다.

그런 형이상학적인 경험만을 남긴 채 대막의 여행은 끝을 맺었다.

'그러니 어쩌면 마교의 후신이라는 대종교의 뿌리는 내가 경험했던 명왕종과 맞닿아 있는지도 모른다. 그리고 만약 그게 사실이라면 내가 봤던 마신상의 정체는… 마교의 천마(天魔)일지도 모른다!'

마교의 천마!

고래로부터 중원의 무림을 몇 차례나 쑥대밭으로 만들었던 절대적인 대마세의 중심이며 모든 것을 뜻한다. 불문에서 부처를 섬기고, 유교에서 공자를 모시고, 도교에서 태상노군을 숭배하는 것처럼 마교는 천마를 종교적인 근원으로 삼고 있었다. 즉, 천마라는 악신을 섬김으로써 마교는 마교로서 존재하고, 힘을 발휘해 왔다는 뜻이다.

물론 아주 오래전의 얘기다.

수백 년도 훨씬 전에 마교는 세상에서 자취를 감췄으니까.

그 후에도 단지 몇몇 마도 세력이 마교의 후신을 자처하며 무림에서 난동을 부린 게 전부였으니까.

하나 그 난동 중 단 한 번도 천마란 존재는 모습을 드러내지 않았다. 마치 마교와 함께 사라진 것처럼 감쪽같이 무림의 역사 저편으로 사라져 버렸다.

하지만 마신이라면?

이현은 사부 풍현진인에게 들은 바 있었다.

대종교의 난.

그리고 그 이전에 있었던 구마련의 난.

그들 모두의 배후에 대막에 존재하는 마신이 있었다는 것을 말이다.

지끈!

그때 오랫동안 잊고 있던 마신상을 떠올리려 노력하던 이현이 이마에 손을 가져다댔다. 느닷없이 무지막지한 격통이 머릿속에서 일어났다.

"큭!"

이현은 이를 악문 채 고통을 참아냈다. 온몸이 후들거려 온다. 그 정도로 느닷없이 일어난 두통은 강렬했다. 느닷없이 머릿속에서 광풍폭우를 만난 것이나 다름없었다.

그렇게 이현이 갑작스러운 두통으로부터 벗어나기 위해 사력을 다하고 있을 때였다.

덜컥!

객방의 문이 열리며 연서인이 뛰어 들어왔다.

그녀는 섬서성에 들어서면서부터 북궁세가의 근거지인 고릉에 이르기까지 금의위의 비선 조직과 적극적으로 접선을 시도했다.

화산파와 북궁세가에 일어난 대란 이후 섬서성 방면의 금의위 비선 조직이 거의 붕괴되어 버렸다.

그 후의 동정 보고가 황궁으로 전달되는 것 자체가 끊겨 버렸기에 이를 복구하는 게 주목란으로부터 내려진 그녀의 첫 번째 임무였다.

어쩌면 당연한 일이다.

현재 주목란은 북경 인근과 남경을 중심으로 한 강남의 반황제파 반란 세력 척결에 골몰하고 있었다. 반황제파의 중심이었던 칠황야와 손을 잡은 걸로 추정되는 무림 세력의 준동에 민감할 수밖에 없었다. 이현에게 자신의 오른팔인 연서인을 굳이 붙여서 섬서성의 북궁세가로 보낸 데는 다 그만한 이유가 있었던 것이다.

그러나 섬서성의 상황은 예상 밖으로 좋지 못했다.

연서인이 동분서주했음에도 금의위 비선 조직과의 접촉은 용이치 않았고, 어쩔 수 없이 하오문의 힘을 빌리기 위해 혈갈 진화정을 불러올 수밖에 없었다.

방금도 연서인은 평소처럼 금의위 비선 조직 중 살아남은 자들과 접선을 시도하다 이곳, 삼영루로 돌아왔다. 삼영루는 섬서 하오문의 고릉 비밀 안가와 같은 곳으로 진화정의 도움으로 이현 일행이 며칠 전부터 머물고 있었다.

연서인이 이마를 손으로 짚은 채 고통스러워하는 이현을 보고 진화정에게 살기를 일으켰다.

"진 대랑, 이 공자님한테 무슨 짓을 한 거죠!"

"아, 아니, 제가 무슨……."

얼굴 가득 억울한 표정을 지어 보이며 진화정이 양손을 흔들어 보였다. 내심 자신보다 한참 나이 어린 연서인에게 불만이 없진 않았으나 상대는 금의위의 천호이자 주목란의 오른팔이었다. 북경에서 난리가 난 터에 괜스레 신경을 거슬러서 좋을 건 없다는 판단이었다.

그러자 이현이 손을 들어 보였다.

"별거 아니니까 소란 피우지 마시오!"

연서인이 진화정에게서 시선을 떼어내고 얼른 이현에게 다가들었다.

"이 공자님, 괜찮으세요?"

"그냥 조금 머리가 아픈 것뿐이오."

'그냥 조금 아픈 게 아닌 것 같은데…….'

연서인이 걱정스러운 표정으로 이현을 바라봤다.

마검협 이현!

그녀가 남해의 해남파를 떠나 만난 최강의 고수다. 내심 몇 번이나 감탄했던 진무사 주목란과 비교해도 이현은 훨씬 강했고, 어떤 상황에서도 결코 여유를 잃지 않았다. 진짜 무진장 강한 사람인 것이다.

그런 그가 지금 고통스러워하고 있었다.

단순한 두통?

그렇게 넘기긴 쉽지 않았다.

그때 머리에서 손을 뗀 이현이 연서인에게 말했다.

"연 소저, 갔던 일은 어찌 됐소?"

"……."

연서인이 고개를 가로저어 보였다. 진화정 앞에서 금의위 비선과 관계된 사항을 말하고 싶지 않았기 때문이다.

이현이 여전히 남아 있는 두통에 눈살을 가볍게 찡그려 보이고 진화정에게 시선을 던졌다.

"진 대랑, 북궁세가와 북궁휘 선배에 대한 정보는 그쯤이면 됐으니, 화산파에 대해서 말해봐."

"화, 화산파요?"

"그래. 화산파가 봉문한 이유도 알아보라고 했잖아!"

"……."

진화정이 잠시 주저하다가 조심스럽게 말했다.

"그 전에 한 가지 소첩에게 약조해 주실 수 있을까요?"

"약조? 무슨 약조?"

"그게……."

진화정이 다시 주저하다가 마음을 굳힌 듯 말을 이었다.

"…본래 화산의 옥녀봉에서 3개월 후 화산파와 종남파 간에 비검비선대회가 개최되기로 예정되어 있었습니다."

"그걸 내가 모를 것 같아?"

'당사자이니까 당연히 잘 알겠지! 하지만 이번 비검비선대회에 얼마나 많은 사람들의 운명과 막대한 재보가 걸려 있는지는 모를걸?'

내심 이현에게 인상을 써 보인 진화정이 표정 관리에 힘쓰며 말했다.

"소첩. 아니, 저희 섬서 하오문이 이 대협께 원하는 약조는 다름 아닌 비검비선대회의 개최입니다."

"응?"

이현이 무슨 개소리를 하냐는 표정으로 진화정을 바라봤다. 그녀가 굉장히 현실성 없는 헛소리를 지껄이고 있다고 여겼기 때문이다.

연서인의 생각은 조금 달랐다.

"진 대랑은 지금 이 공자님께서 화산파의 몽분을 풀어주실 바라는 거로군요?"

따악!

진화정이 손가락을 소리 나게 튕기고 연서인에게 엄지를 치켜 올렸다. 그리고 이현에게 빠르게 부연 설명했다.

"연 소저의 말대로입니다. 소첩과 섬서 하오문 일동은 이 대협께서 부디 화산파의 봉문을 풀고, 비검비선대회를 예정대로 열리게 해주시길 바랍니다. 만약 그리만 해주신다면 향후 이 대협께 소첩과 섬서 하오문 일동은 분골쇄신(粉骨碎身)할 것입니다."

"싫어!"

"예?"

이현이 어깨를 한차례 으쓱해 보이고 단호한 표정으로 말했다.

"내가 왜 화산파의 봉문을 풀어줘야 하지? 화산파와 종남파가 견원지간(犬猿之間)이란 건 섬서 무림 전체가 다 아는 사실인데?"

"그, 그야 대의(大義)를 위해서⋯⋯."

"됐고!"

진화정의 말을 중간에서 끊어버린 이현이 눈을 묘하게 빛내며 말했다.

"이번 비검비선대회에 섬서 하오문에서 얼마나 투자했지?"

"…예?"

"모른 척할 거면 관두고."

"아닙니다! 아닙니다!"

급한 마음에 연달아 소리친 진화정이 조심스럽게 손가락 다섯 개를 꼽아 보였다.

"은자 오만 냥?"

"황금으로 오십 관이요! 은자로 무려 오십만 냥! 섬서 하오문 전체의 3년 치 예산에 해당하는 돈이 이번 비검비선대회과 관계된 사업에 투자되었어요!"

"아주 이번 비검비선대회에서 한 재산을 챙기려고 했군?"

"평생에 한 번 올까 말까 한 대목이잖아요? 어찌 이런 절호의 기회를 놓칠 수 있겠어요? 그러니까 이 대협께서……."

"절반!"

"…예?"

"절반 내놔!"

"뭐, 뭘요?"

"화산파가 봉문을 풀고 예정됐던 비검비선대회가 개최될 때 섬서 하오문에서 얻는 이득의 절반을 내놓으라구!"

'이런 날강도 같으니!'

진화정이 내심 버럭 소리 지르곤 조심스럽게 말했다.

"이 대협께서 그렇게 많은 논이 어디에 필요하신사……."

"나야 필요 없지만, 종남파에는 필요하지!"

"…종남파요?"

"응, 종남파에 근래 돈 가뭄이 심하거든."

진화정이 물끄러미 이현을 바라보다 입가에 한숨을 매달았다. 절대 그와 이번 문제에 대한 타협을 볼 수 없을 거란 걸 눈치챘기 때문이다.

"하아! 노력해 보겠습니다."

"노력이 아니라 실천!"

"예, 실천할게요."

"좋아. 그럼 말해봐. 어떻게 된 건지?"

"그러니까 그게요……."

자세를 바로 한 진화정이 화산파의 갑작스러운 봉문에 관해 그동안 알아낸 사실에 대해 설명하기 시작했다.

『만학검전(晚學劍展)』 8권에 계속…